# 술 이름은
# 코리안 민트

# 술 이름은 코리안 민트

## 카카오 전 대표의
## 열렬한 양조 탐험기

홍은택 지음

b.read

# 시간을 내 편으로 만드는 일

시간과의 관계를 바꾸고 싶었다. 누구에게나 동일한 시간이 주어지지만 이 시간을 어떻게 쓰느냐에 따라 쫓기듯 살기도 하고 여유를 누리기도 한다. 세상은 끊임없이 변화하고 그 속도는 점차 빨라진다. 변화의 물결에 올라타면 앞서갈 수 있지만 하루아침에 미끄러져 떨어질 수도 있다. 위태위태하게 아날로그에서 디지털의 파도로 옮겨 탔고 인터넷에 이어 스마트폰 시대까지 어찌어찌해서 물결을 잘 타고 넘어오긴 했는데 아뿔싸, 이제 블랙홀 같은 AI 시대의 소용돌이로 빨려 들어가고 있다. 이렇게 변화의 물결만 좇다가 평생을 좇고만 사는 건 아닐까.

술 빚기. 고대로부터 내려온 일이다. 술의 종류가 많고 새로운 술도 꾸준히 개발되었지만 큰 틀에서 보면 수천만 년 전에 이미 완결된 화학 작용이다. 어떤 술이든 효모에게 먹이를 주고 알코올을 얻는 기본 과정은 같고, 앞으로도 바뀌지 않을 것이다. 같은 곡을 다르게 연주하는 무한한 변주로 새 술이 나올 뿐이다.

술은 발효와 숙성의 시간을 필요로 한다. 아무리 조바심을 내도, 엄청난 권력이 있어도 어쩔 수 없다. 기다려야 한다. 기다리다간 뒤처져 버리는 오늘날과 정확히 반대다. 시간을 뒤쫓는 게 아니라 시간이 따라와 줘야 하는 세계, 그래서 자기만의 속도로 창조할 수 있는 세계, 그리고 누구에게나 열린 세계, 그것이 내가 이해한 양조의 세계다.

훗날 이야기할 기회가 있으면 좋겠지만 나는 삶의 궤도에서 뜻하지 않게 이탈했다. 이를 계기로 그간 일하던 방식과는 다른 작업에 관심을 두었고, 그렇게 술 빚기에 뛰어들었다.

술을 빚는다고 하면 주위 사람들은 다 의아해한다. 내 이력이나 성향과 도무지 어울리지 않기 때문이다. 나는 그동안 서로 다른 여러 콘텐츠나 온라인 플랫폼을 만들고 운영하면서 무형의 가치를 창출하는 일을 해 왔다. 그런데 갑자기 양조라고?

양조는 손으로 만질 수 있고 눈으로 볼 수 있는 구체적인 무언가를 만드는 일이다. 관념에 사로잡혀 살아 온 사람들이 품는 동경, 목공이나 그림과 비슷하다. 내 손재주로 목공이나 미술은 불가능했다. 하지만 양조는 손보다 근육을 쓰는 것에 가깝다. 그 결과물은 시각과 촉각뿐 아니라 후각, 미각을 자극하고 소비하면(마시면) 몸에 즉각적인 효과(취기)를 미친다. 심지어 기분까지 좋아지니 이보다 더 구체적이고 직접적이며 공감각적인 것이 어디 있을까.

나는 심지어 술을 잘 못한다. 오래전 일인데, 첫 직장이었던 신문사 입사 면접 때 주량을 묻기에 소주 두 잔 반이라고 답했다. 조금만 마셔도 얼굴이 빨개지고 정신이 혼미해지기 때문에 입사하자마자 들통날 거짓말을 할 수 없었다. 주량을 중시하는 어떤 재보험회사에서는 입사 시험 때 술을 마시게 한다고 한다. 나처럼 술에 약한 한 지원자는 "저는 가슴으로 마십니다!"라고 말하며 술을 가슴에 부어서 합격했다는 전설이 있다. 나는 그 정도 패기와 재치를 보이지 못했지만 합격을 했다. 회사의 자신감 덕분이었던 것 같다. 잘 마시든 못 마시든 어차피 많이 마시게 만들 테니까.

실제로 수습 6개월 동안 술 마시는 훈련을 호되게 받았다. 매일 마시고 매일 토했다. 비몽사몽 출근할 때에는, 비유가 좀 그렇지만, 〈헨젤과 그레텔〉에서 아이들이 길에 줄줄이 놓던 자갈이 떠올랐다. 새벽에 집으로 오는 동안 토해 놓은 긴 띠를 거꾸로 따라가기만 하면 됐으니까. 나는 아세트알데하이드 탈수소 효소가 부족한, 즉 술 못 마시는 체질로 태어난 한국 사람 28퍼센트에 속한다. 중국과 일본에도 이런 사람들이 많아서 아시아 홍조 증후군 asian flush syndrome이라는 용어까지 있을 정도다.

하지만 강훈은 유전도 극복하게 만든다. 점심에도, 저녁에도, 심야에도 술을 들이켜다 보니 수습 기간이 끝날 무렵에는 새벽 2시까지 '텐텐 양폭'(맥주와 양주를 각각 가득 채워서 맥주잔에 양주잔을 퐁당 떨어뜨리는 술을 이렇게 불렀다)을 열 잔 마시고도 새벽 4시 반에 일어나 응급실과 장례식장, 유치장을 도는, 늠름한 (기자라기보다는) 술통(술꾼은 아니다)이 되었다.

그렇게 술의 세계로 끌려 들어갔으나 직장 생활을 마치면서 빠져나올 줄 알았다. 그런데 아니었다. 스톡홀름 증후군 같은 것일지도 모른다. 30여 년 동안 밥보다도 술을 많이 먹었다. 매년 건강검진을 받을 때면 술 섭취량을 쓰기가 민망했다. 일주일에 네 번꼴, 다양한 주종을 소맥으로 환산하면 스무 잔은 넘는다. 식사는 하루 두 끼, 쌀밥 열네 공기다. 칼로리로 비교해도 술이 월등하다.

기왕 이렇게 마신 거, 이제라도 제대로 배워 보자. 솜씨는 없어도 상상력은 있지 않나. 더구나 후각과 미각은 사용할수록 좋아진다고 하니까. 그렇게 양조의 세계에 첨벙첨벙 뛰어들어 '코리안 민트'를 빚었다. 이 술로 2025년 궁중 술 빚기 대회에서 특별상을 받았다. '한국 가양주 연구소'가 매년 3월에 개최하는 이 대회는 아마추어 양조인들의 등용문이었지만 이름을 알리고 싶은 소규모 양조장들이 출품하면서 제법 경쟁이 치열한 무대로 바뀌고 있다. 평생 책상물림으로 살아 온 내 손은 개의 앞발도 아니고 뒷발과 비교하는 게 어울릴 정도로 무디고 서투르다. 그 손으로 뭔가를 만든다는 것 자체가 희한한 일이다. 그런 내가 상까지 받는 일은 있을 수 없다고 생각했다. 쌀누룩 두 덩어리라는 소박해 보이는 부상도 내게는 노벨상처럼 엄청난 것이다. 여기에 그치지 않고 술을 제품으로 만들어 출시까지 했다. 혹시 양조에 관심이 있어 이 책을 펼쳤다면 목표를 높게 잡으시라. 개 뒷발로 빚은 술로 특별상을 받는 비법을 알게 될 테니.

코리안 민트는 페퍼민트, 스피어민트, 초콜릿민트 같은 민트와는 무관한 한국 원산 풀의 영어명이다. 한국 이름을 공개하면 '그게 무슨 민트야' 할 수 있는 것이, 친숙하게는 방아라고 불린다. 경상남도나 전라남도 해안가에서 매운탕 잡내를 없애기 위해 넣는 바로 그 향신료다. 치명적인 비린내를 잡아 버리는 강렬한 향이 다른 풀의 향까지 압도한다고 해서 한자로는 배초향排草香이라고 쓴다. 술에 넣으면 상큼하고 가벼운 민트 향이 나는 것을 우연히 발견하고는 방아잎을 내 술의 주제로 삼아 버렸다. 굳이 영어로 이름 붙인 이유는 야무진 꿈 때문이다. 매운탕의 보조 재료라는 이미지를 지우고 언젠가 세계로 뻗어 나가 K한식에 페어링할 수 있는 술을 만들고 싶었다. '술은 별론데 이름 하나는 잘 지었네'로 끝나더라도.

　이 책은 전문 양조인의 매뉴얼이 아니다. 다양하고 풍부한 술의 세계를 탐험하고 실패와 실수를 거듭하며 세상에 하나뿐인 나만의 술을 빚는 여정을 담은, 어쩌면 여행기나 탐험기에 가깝다. 양조를 공부하면서, 술 빚는 과정을 다룬 책이 의외로 없다는 사실을 알았다. 전통주를 배우고 싶거나 술 자체에 관심 있는 분들을 위해 나의 경험을 진솔하게 전하려 한다. 1년 반 동안 전통주 소믈리에 자격증과 우리 술 제조 관리사 1급 자격증을 땄고, 실험실 겸 작업실을 차려서 술 100여 종을 빚었다. 그 결과 코리안 민트를 얻었다.

　단순한 생존 수단이 아니라 사람들 사이를 이어 주고 문화와 전통을 전달하며 사회라는 규범 내에서 상호 작용하는 술이라는 '사회적 음식'을 통해 세계사, 식물학, 미각, 사람에 대한 이해, 무엇보다 시간을 다루는 법을 배웠다. 이 책은 바로 그에 대한 이야기다.

# 차례

# 쌀을 100번 씻으라

（1）

쌀을 100번 씻으라

전통주의 기본 제조법은 간단히 말해 익힌 쌀을 물, 누룩과 버무려 항아리에 넣은 뒤 발효, 숙성 또는 증류하는 것이다. 누구나 쉽게 할 수 있을 것 같고 대충 흉내만 내도 술 같은 것이 되긴 한다. 하지만 이 문장의 명사와 동사 하나하나에 어마어마한 디테일이 숨어 있다. 이 디테일에 따라 천차만별의 술이 나온다. 전통주 수업이란 이 디테일을 배우는 과정이다.

'쌀 익힐 줄 모르는 사람이 어디 있어. 그냥 밥을 지으면 되는 것 아냐' 싶었지만 가공법이 의외로 다양해서 놀랐다. 찹쌀밥을 쓸 땐 대개 고두밥으로 지어서 술을 빚는다. 멥쌀의 경우 생쌀을 가루 내서 죽이 되도록 끓여 식힌 뒤 술을 빚는 방법이 있다. 반대로 가루낸 생쌀에 뜨거운 물을 부어 범벅으로 만들어 빚기도 하는데 엎치나 메치나 비숫할 것 같아도 술맛이 다르다. 쌀가루를 반죽해서 도넛처럼 가운데 구멍을 뚫어 물에 삶은 구멍떡을 으깨 넣거나 절구에 고두밥을 넣고 떡메로 찧어서 찰진 인절미로 만들어 술을 빚기도 한다. 고슬고슬한 백설기도 쓸 수 있다. 일본 술인 사케도 익힌 쌀과 누룩, 물의 조합으로 빚지만 쌀을 익히는 방법은 고두밥 등 한두 가지뿐이다. 일본에는 양조 전용 쌀이 있어서 그렇게 해도 술이 잘된다고 한다. 반면 한국 전통주를 빚을 땐 지향하는 술에 따라 그에 맞는 다양한 가공법을 쓴다.

쌀과 누룩 종류, 발효와 숙성 시간, 온도 등 갖은 변수의 조합으로 빚어지는 술의 종류는 무한하다. 하지만 무엇을 하든 달라지지 않는, 모든 과정의 출발점이 있다. 쌀 씻기다. 어떤 이들에게는 기술이라기보다는 일상이자 걷기나 숨쉬기 같은 행위일 수 있지만 쌀 씻기는 생각보다 쉽지 않다. 적어도 내게는 그렇다. 이 과정을 통과하는 데 오랜 시간이 걸렸다.

밥을 지을 땐 쌀을 몇 번 씻고 헹군 후 뜨물을 적당히 남긴다. 너무 많이 씻으면 단백질이나 지방, 비타민 같은 영양소가 씻겨 나갈 수 있기 때문이다. 하지만 술을 빚을 땐 술맛에 영향을 주는 요소를 최소화하기 위해 맑은 물이 뜰 때까지 씻어야 한다. 그것도 불순물이 쌀알에 배지 않도록 10분 안에 해치워야 한다. 평생 밥을 지어 온 사람이라면 코웃음을 칠 수도 있겠지만 직접 해 보면 달라진다. 오죽하면 술 빚기 수업에 쌀 씻기 과정이 있을 정도이고 이때 수많은 질문들이 쏟아진다.

주춧돌을 잘못 놓으면 건축물이 제대로 서 있을 수 없듯 쌀을 올바르게 씻지 않으면 원하는 술이 나올 수 없다. 고문헌에서도 이 중요성을 강조하며 쌀을 백세百洗하라고 나온다. 100번 씻으라는 말이다. 그런데 이 말을 처음 들으면 정확히 어떻게 하라는 것인지 알 수 없다. 쌀을 100번 헹구라는 것인지, 100번 휘휘 저으라는 것인지, 쌀알을 100번 문대라는 것인지? 고백하자면 양조 수업을 듣기 전엔 대체 언제 쌀을 씻어 봤는지 기억조차 나지 않는다.

'맑은 물이 나올 때까지'라고 하니, 어떻게 씻든 큰 상관이 있으랴 하는 안이한 태도로 시작한다. 중간중간 물을 갈아 가며 양은 양푼 안쪽에 쌀을 100번 문지른다. 쌀알이 우둘투둘한 알루미늄 표면에 마찰하면서 군인들이 군화를 신고 아스팔트 길을 행진할 때처럼 처벅처벅 소리가 난다. 아니, 100번쯤 문대면 최면에 걸린 듯 정신이 몽롱해지면서 그런 환청이 들린다. 한쪽으로만 문대면 안 되기 때문에 양푼을 살짝살짝 돌리는데 싱크대 바닥과 양푼이 마찰하면서 스윽스윽 소리가 난다. 처벅처벅, 스윽스윽. 손에 쥐고 흔드는 타악기 셰이커shaker 소리 같다. 나름 능숙해졌다는 느낌이 들 때쯤 물을 버리고 다시 물을 받아 쌀알들을 저어 보면 여전히 뿌연 물이 올라온다.

이태원에서 전통 주점을 운영하는 윤나라의 〈윤주당의 사계절 막걸리 레시피〉에 따르면 양푼에 쌀과 비슷한 양의 물을 넣어서 손목으로 10회 정도 돌리고 빠르게 물을 버린 뒤 두 번째 물을 받아서 이번엔 손바닥을 이용해 한쪽 방향으로 100번 돌려 씻은 후 물을 버리는데 이 과정을 세 번 반복하라고 한다. "백세가 아닌 삼백세라고 생각하면 된다"고 무심하게 써 놓았는데 잘못하면 손목이 나간다는 주의를 덧붙였어야 했다.

손목도 손목이지만 내 키에 비해 턱없이 낮은 싱크대 위로 웅크린 탓에 허리가 뻐근하고 다리도 저려 온다. 문제는 그렇게 해도 여전히 물이 뿌옇다는 것. 씻어도 씻어도 뜨물이 사라지지 않는다. 가만히 서서 기약 없이 손을 돌리려니 한심스러워져서 이럴 시간에 차라리 마라톤을 하면 했지, 도저히 못할 노릇이라는 생각도 든다.

책으로 안 되니 시청각 교재도 활용한다. 엄격한 술 빚기로 소문난 '한국 전통주 연구소' 박록담 소장이 직접 쌀을 씻는 동영상을 찾아 봤다. 고무장갑 낀 손을 양푼에 넣어 손바닥이 아래를 향하게 하고 돌린다. 나처럼 쌀을 양푼에 문대는 법이 없다. 깨끗이 씻는 것도 중요하지만 쌀알이 다치지 않도록 하는 것도 중요하다고 한다. 쌀알 겉에 묻은 이물질들이 원심력에 밀려나 떠오른다. 소리도 처벅처벅이 아니라 쏴악쏴악이다. 소리만 들어도 내공을 알 수 있을 것 같다. 리드미컬하게 서른 번쯤 돌리더니 갑자기 방향을 휙 틀어서 반대로 돌린다. 힘이 넘치는 휘젓기다. 직접 본 사람들 이야기로 그분은 100번만 돌려도 맑은 물이 뜬다고 하니 신공神功이다. 나는 언제 그 경지에 오르려나. 손을 돌려 보는데 힘 조절이 잘 안 돼 쌀알들이 양푼 바깥으로 튀어 나간다. 주워 담아서 돌리고 다시 흘리면 또 주워 담고……. 돼지 떼를 몰고 소풍 가는 격이다. 이러다간 쌀이 반밖에 안 남을 것 같으니 그만하자. 어차피 10분이 훌쩍 지났다. 그냥 기계로 씻어 주면 안 되나 싶어 알아보니 이름도 세탁기 같은 '세미기'라는 게 있다. 하지만 쌀알이 깨지기도 하고 마음처럼 깨끗이 씻기지도 않아 다시 손으로 돌아간다는 말을 듣고 포기했다.

쌀 씻기가 항상 미진해 마뜩잖던 어느 날 한국 전통주 연구소 팀장이 쌀 씻는 모습을 보았다. 천 년간 지속돼 온 쌀 씻기가 여전히 진화할 수 있음을 깨닫게 해 준 영상이었다. 싱크대 수도꼭지에서 물이 샤워기처럼 분사되도록 설정한 후 호스를 쭉 뽑아 쌀 무더기에 넣어 두는 방법이었다. 수많은 가느다란 물줄기가 뿜어져 나와 쌀알 옆구리를 간질이면서 이물질이나 쌀눈을 부드럽게 밀어 낸다. 쌀눈에는 단백질과 비타민, 미네랄처럼 술맛에 영향을 주는 성분이 많아서 씻을 때 제거하는 것이 좋다. 양푼을 살짝살짝 돌리기만 해도 물이 점차 맑아진다. 굳이 손목을 쓸 필요가 없다. 드디어 내게 딱 맞는 방법을 찾아냈다. 첫 물에 20~30회 휘휘 저어 이물질을 제거하고 뿌예진 물을 버린 후 두 번째 물을 받아서 수도꼭지 머리 부분을 박아 두기만 하면 끝이다. 내 일이라곤 물이 넘쳐 쌀알이 흘러나가지 않도록 하는 것뿐. 물론 시행착오를 겪으며 흘려보낸 쌀알이 셀 수 없이 많지만 어느 날엔가 결국, 10분 안에 쌀알 하나 다치지 않고 흘려보내지도 않고 맑은 물을 보고야 말았다. 시간은 걸렸지만 드디어 쌀을 씻을 수 있게 된 것이다.

요즘에는 쌀이 깨끗하게 나와서 씻을 필요가 없다고 하는 사람도 더러 있다. 한국 주류업계의 원로인 데다 지금도 양조를 하는 분이 그 말을 했을 때에는 크게 흔들렸다. 씻어도 되고 안 씻어도 된다면 편한 쪽으로 기우는 게 사람 마음 아니겠는가. 쌀알 겉에 미량 함유된 단백질이나 지방, 철분 같은 영양소가 복합적인 향미를 내는 데 기여할 수도 있을 것이다. 하지만 그 향미를 알아차리기 위해서는 먼저 그런 영향을 받지 않은 술맛을 알아야 한다. 그러니 일단은 계속해서 쌀을 열심히 씻는 것으로. 술맛을 떠나 쌀 씻기는 정성스럽게 술을 빚는 자세와 쌀 한 톨 한 톨 재료를 소중히 여기는 태도를 깨닫는 과정이다. '쌀 씻기 기능 보유자' 가 된 후로는 쌀만 보면 씻고 싶은 충동에 사로잡힌다.

쌀에 물을 붓고 손으로 20~30회 휘젓는다.

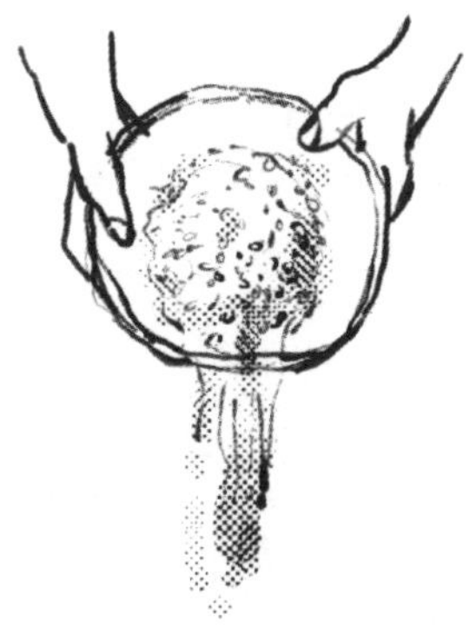

이물질과 뿌연 물을 따라 버린다.

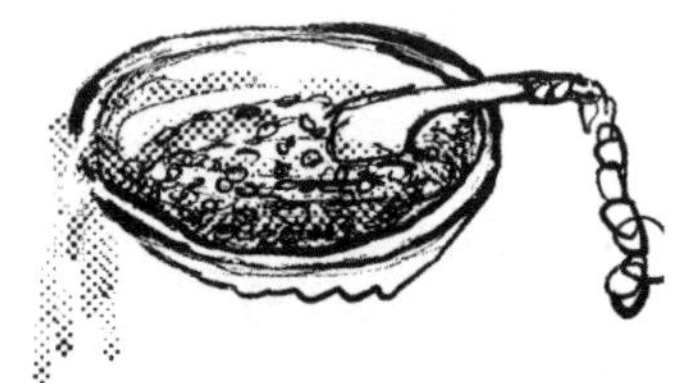

샤워기 모드로 물을 틀어 쌀 무더기에 박아 둔다.

# 양조의 용어들

**세미(洗米)**　쌀을 씻는 일.

**백세(百洗)**　글자 그대로라면 '100번 씻는다'라는 뜻이나 맑은 물이 나오도록 정성을 다해 쌀을 씻는 것을 말한다. 쌀눈에는 지질이 많아서 제거하는 편이 좋다.

**침미(浸米)**　쌀을 물에 담가 불리는 것. 쌀알 속까지 물이 충분히 스며들어 고두밥을 찔 때 호화(糊化)가 고르게 일어나도록 한다.

**호화(糊化)**　녹말에 물을 넣어 가열할 때 부피가 늘어나고 점성이 생겨 끈적끈적해지는 현상.

**탈수(脫水)**　충분히 불린 쌀을 체에 밭쳐 물기를 빼는 과정. 손으로 쌀을 한 움큼 쥐었을 때 쌀알들이 손바닥에 달라붙지 않고 고슬고슬하게 떨어지는 상태가 적당하다.

**탕수(湯水)**　끓인 물이나 끓여 식힌 물. 생수가 아닌 수돗물을 쓸 때 불순물과 잡균을 제거하기 위해 거치는 과정이다.

**고두밥**　되게 지어 고들고들한 밥. 술밑이나 인절미 등을 만들 때 시루에 쪄서 만드는 '지에밥'이 정확한 용어이나 양조에서 통상 고두밥으로 부른다.

**범벅, 죽, 구멍떡, 설기**　쌀 가공 상태에 따른 술밑의 형태. 범벅은 쌀가루에 끓는 물을 부어 익힌 것, 죽은 쌀을 묽게 끓인 것, 구멍떡은 떡에 구멍을 내 삶은 것, 설기는 쌀가루를 시루에 찐 것을 이른다. 형태에 따른 곡물 호화도의 차이로 효모 증식 속도가 달라지고 이는 술의 풍미에 영향을 미친다.

**곡자(曲子)**　누룩의 한자어. 밀로 만든 누룩을 곡자, 쌀로 만든 것은 분곡(粉麴)이라 구분해 쓰기도 한다.

**법제(法製)**　약의 성질을 경우에 맞게 바꾸기 위해 정해진 방법대로 가공, 처리하는 일. 양조에서는 누룩의 잡내를 없애고 미생물을 정화하기 위해 밤이슬을 맞힌 후 햇볕을 쐬어 말리는 과정을 이른다. 부적합한 성분은 날리고, 유익 균의 활성을 돕는다.

| 절곡(切麴) | 법제를 마친 누룩을 술 빚기 직전 콩알이나 팥알 크기로 잘게 부수는 것. 표면적을 넓혀 수분 흡수를 돕고 효소가 잘 우러나게 한다. |

**절곡(切麴)** 법제를 마친 누룩을 술 빚기 직전 콩알이나 팥알 크기로 잘게 부수는 것. 표면적을 넓혀 수분 흡수를 돕고 효소가 잘 우러나게 한다.

**수곡(水麴)** 누룩을 물에 미리 불리는 과정. 딱딱한 누룩 속 효소와 미생물을 깨워 발효력을 극대화한다.

**밑술과 덧술** 밑술이란 약주를 거르고 남은 찌끼 술, 혹은 술을 빚을 때 빨리 발효되도록 누룩, 고두밥과 함께 조금 넣는 묵은 술을 이른다. 좋은 효모를 대량 증식시켜 양조의 기초를 마련한다. 덧술이란 이렇게 준비된 밑술에 다시 고두밥과 물을 더해 효모에게 먹이를 주고 알코올을 생산하는 과정이다. 덧술 횟수에 따라 이양주, 삼양주라 부른다. 덧술이 거듭될수록 도수가 높아지고 향이 깊어진다.

**씨앗술** 수곡할 때 물에 비해 누룩의 비율을 훨씬 높여서 효모 개체 수를 폭발적으로 늘리는 과정으로 한국 가양주 연구소에서 쓰는 용어다. 밑술 이전 준비 단계에 속한다.

**술덧** 누룩, 고두밥, 물이 한데 어우러져 보글보글 올라오며 발효되는 상태. 서양 양조의 머스트(must)에 견줄 수 있다.

**원주(原酒), 전내기** 발효가 끝난 술덧에서 걸러 낸, 물을 타지 않은 본래의 진한 술을 이르는 말.

**가수(加水)** 원주에 물을 더해 술 도수를 조절하는 과정. 가수를 통해 술 빚는 이가 의도한 밸런스를 찾아 간다.

**품온(稟溫)** 술덧이 발효되면서 내는 발효조 내부 온도. 효모의 생명 활동으로 발생하는 열을 살필 때 '품온을 잡는다'라고 한다. 온도가 너무 높으면 술이 쉬고, 너무 낮으면 발효가 멈춘다.

**채주(採酒), 제주(提酒)** 익은 술을 거르는 일. 용수(대나무, 싸리로 만든 원통형 도구)를 박아 맑은 술을 떠내는 행위나 체에 걸러 탁주를 만드는 모든 과정을 통칭한다.

**숙성(熟成), 후발효** 발효가 끝난 술을 낮은 온도에 일정 기간 두어 맛을 부드럽게 다듬는 과정. 거친 알코올 향이 가라앉고 에스테르, 즉 과일 향이 안착하며 술이 완성돼 간다.

# 막걸리에서 열대 과일 향이 난다고

손 쓰는 일을 하고 싶어서 술 빚기를 시작했는데 정말 그동안 하지 않았던 동작들을 하게 된다. 치대고 주무르고 뭉치고 젓고 비틀고 쥐어짜고 펴고 오므리고 집고 깎고 담고 흔들고 씻고 닦고 문지르고 빨고 돌리고 재고 널고 털고 밀고 당기고 올리고 내리고 들고 나른다. 다양한 각도와 방향으로 몸을 가동한다.

처음 발효 통에 손을 집어넣어 쌀과 누룩과 물이 혼합된 술덧 덩어리를 만질 때 병아리나 고양이 같은 생물처럼 느껴졌다. '물컹' 하고 꿈틀거리더니 손가락 사이로 미끄러져 나간다. 밀가루 반죽보다 미끈해서 고체와 액체의 중간 정도 점성이다. 온전히 한 움큼 쥘 수 없다. 가만 있질 않는다. 어린 시절 비오는 날 진흙탕에서 물장난하던 기억을 소환한다. 꽉 쥔 손가락 사이로 진흙이 빠져나가면서, 잠자던 손가락 옆면 촉각이 깨어나는 느낌이 재현된다.

술덧을 거름망에 넣고 거르는 것도 특별한 경험이다. 소젖을 짜는 것 같았다. 손에 쥐고 힘을 주니 술이 주욱 쏟아졌다. 소젖처럼 처음부터 세게 해서는 안 되고 부드럽게 틀어쥐고 점차 힘을 가해야 한다. 소젖 짜는 경험을 하고 싶다면 굳이 목장에 갈 필요 없을 듯하다.

물론 그런 감각이 주는 희열은 오래가지 않는다. 뭐든지 반복되면 노동이다. 양조의 첫 관문은 사실 쌀 씻기가 아니라 스테인리스 발효 통 세척이다. 항아리, 유리병, 플라스틱 통 등 여러 대안이 있는데 각 소재마다 장단점이 있고 사람마다 선호가 다르다. 술맛에 미치는 영향이 적고 보관이 편하다고 해서 나는 스테인리스를 선택했다. 그런데 닦아도 닦아도 연마제가 묻어 나온다. 처음 구입해서 한 번 세척하고 종이 타월로 문대 보면 거울같이 반짝이는 은색 통 어디에 이런 시꺼먼 얼룩이 숨어 있는지 놀란다. 공장에서 광택이 나도록 폴리싱하면서 쓴 연마제 가루다. 산화 알루미늄 입자들인데 소량 섭취하거나 피부에 닿는 것으로는 위험하지 않은 데다 흡입해도 체내에 흡수되지 않고 배출된다 하니 연마제를 씻어 내지 않고 파는 것 같기는 하다.

그래도 이 연마제 흔적을 지우지 않고 술을 빚는 태평한 사람은 없을 것 같다. 업체를 원망하면서 식용유를 묻혀 빡빡 문지른 후 세제로 구석구석 닦는다. 다시 종이 타월로 구석을 쓰윽 훑으니 숨바꼭질하듯 얼룩이 기어 나온다. 베이킹 소다와 식초를 물과 함께 통에 넣고 팔팔 끓여 주면 얼룩이 사라진다는 얘기를 듣고 시키는 대로 해 본다. 하지만 물을 버리고 다시 문지르니 얼룩이 나를 비웃으면서 종이에 묻어 나온다. 결국 문지르고 끓이고 식용유로 닦아 내고 세제로 씻어 내는 4중 세척을 한 후에야 얼룩은 사라졌다. 5리터짜리 통 하나를 닦는 데 최소 40분이 걸린다. 처음에는 두 통 샀다가 나중에 필요할 것 같아서 너댓 통씩 사다 보니 스무 통이나 됐다. 양조는 너무 하고 싶은데 닦아도 닦아도 기어 나오는 연마제 가루에 두 손 두 발 다 들고 양조계를 떠난 사람도 분명 있지 않을까 싶다. 스테인리스 발효 통을 중고 거래 한다면 원래 산 값보다 더 높게 받아야 한다.

대규모 양조장에서는 내가 고전苦戰한 통보다 쉰 배나 부피가 큰 2,500리터짜리 스테인리스 통을 닦아야 한다. 아르바이트 첫날 이 일을 시키면 그날이 마지막 출근일이 되는 경우가 있다고 한다. 양조장 '술아원'의 임승규 연구실장은 이 일을 다른 사람한테 안 시키고 본인이 직접 닦는다고 했다. 날 잡고 통 안으로 들어가 온종일 구석구석 닦는데 나중에는 무념무상의 경지에 이른다고 한다. 수련하는 자세로 통과 마음을 닦는 듯하다. 나는 이 경지에 이르지는 못했지만 스무 통을 다 닦아 냄으로써 첫 관문은 통과했다. 통 닦기와 쌀 씻기는 초심자가 양조에 임하는 자세를 연마하는 기초 군사훈련 같은 것이다.

이제 후각을 연마할 차례다. 향은 맛과 함께 술에 대한 가장 중요한 정보다. 쌀을 고를 때도 쿰쿰한 냄새가 나는지 잘 맡아야 한다. 나중에 술에서 묵은내가 날 수 있다. 물에서는 전혀 향이 나지 않아야 한다. 덧술을 빚을 때에는 발효조식당 등 업소에서 쓰는 원통형 주방 용기에 얼굴을 집어넣어 킁킁 냄새를 맡는다. 짚이나 간장 또는 된장 냄새가 나면 위험 신호다. 술을 거를 때도 잘 익은 과일 향이 나야 한다.

그런데 향은 정말 잘 모르겠다. 아니, 잘 모르는 게 당연한지도 모른다. 맛은 쓴맛, 단맛, 신맛, 짠맛, 감칠맛 다섯 가지 조합이지만 향은 1조 가지나 된다고 한다. 미각은 각 맛에 해당하는 세포 수용체를 거쳐서 대뇌에 전달되지만 후각의 경우, 후각 세포 안에 수용체가 1,000여 개나 있고 그중 400개가 활성화되는데 미각처럼 특정 맛에 지정된 수용체가 있는 게 아니라고 한다. 그 때문에 향기 물질 하나가 여러 수용체를 자극하거나 후각 수용체 하나가 여러 가지 향기 물질에 반응한다고 하니 한마디로 두더지 잡기 게임과 비슷하다. 어디에서 뭐가 튀어나올지 모른다. 향의 세계를 공부하고 싶어 펼친 최낙언의 〈사과 향은 없다〉

라는 책에서는 이를 두고 "인간의 후각은 400종류의 전구를 5,000개 붙여 둔 전광판과 같다"고 비유했다. 향기 물질이 후각 세포를 자극하고, 그 결과 전광판의 여러 전구에 다양한 불이 들어오면 뇌는 다양한 불빛 조합에 따라 사과 향인지 딸기 향인지를 구분한다는 것.

삼원색만으로 모든 색을 만들 수 있지만 수백 가지 향기 물질을 가지고도 원하는 향은 마음대로 만들어 낼 수 없다고 한다. 향의 세계는 무질서하고 광대하다. 여기에 맛까지 결합해서 향미<sub>향기 '향香' 자에 맛 '미味' 자를 쓰는 한자 그대로 음식에서 느껴지는 향과 맛</sub>를 만들어야 하니 양조 과정이 어렵고 창의적일 수밖에 없다. 양조를 하면서 3개월간 전통주 소믈리에 과정도 수강했는데 같은 술을 시음하고도 향미 표현은 천차만별이라는 걸 깨달았다. 수강생들이 돌아가면서 짧게 발표한 시음평 몇 가지를 기억나는 대로 적어 본다.

"첫 번째 술은 마치 트럼펫의 밝고 강한 소리를 닮았어요. 두 번째 술은 헤비메탈처럼 거친 금속성 음악을 연상시키고요. 세 번째 술은 깊게 울리는 첼로 음색을 닮았네요. 네 번째 술은 바이올린이지요. 경쾌하면서 미끈하게 내려가요. 다섯 번째 술은 담백하면서도 정교한 피아노처럼 혀를 두드려요. 여섯 번째 술은 콘트라베이스죠. 혀에 묵직하게 깔려요."

"첫 번째 술은 청과 시장에서 과일을 파는 30대 청년 같아요. 두 번째 술은 저희 회사 과장님 같은데요. 회식하면 소리를 엄청 질러요. 세 번째 술은 과묵한 아버지를 닮았고요. 네 번째 술은 발랄한 10대 소녀 같아요. 다섯 번째 술은 삼성 같은 안정된 대기업에 다니는 직장인 같다고 할까요? 여섯 번째 술은 묵언 수행하는 스님 같아요.”

정확하지 않지만 이보다 표현이 다채롭고 창의적이었다. 전통주 버전 〈신의 물방울〉와인을 소재로 한 일본 만화에서 볼 법한 이런 시음평을 들으면서 나는 자괴감을 느꼈다. 표현이 안 떠올랐다. 이게 무슨 향인지부터 잘 구분되지 않았다. 그들은 향을 구분하고 향미에 특성을 부여해 언어로 표현했다. 향미의 세계에서 '전국 노래자랑'이 벌어지고 있다는 느낌도 들었다. 향은 맛이나 색과는 달리 비유적으로밖에 표현할 수 없기 때문에, 그래서 반대로 누구나 제멋대로 노래할 수 있다. 빨간색을 빨강이라고 부르기로 한 사회적 약속 같은 것이 향에는 없다. 향을 분류하고 속성을 부여한 아로마 휠aroma wheel이라는 게 있긴 하지만 빨주노초파남보의 스펙트럼 같은 정밀함은 없다.

정말 어려운 세계에 들어왔다는 생각이 들었다. 어떤 냄새는 사람마다 다르게 느낀다. 〈사과 향은 없다〉에 따르면 서양인은 미국 품종 포도로 만든 와인에서 '여우취fox flavor'를 느끼곤 하는데 일본이나 한국 사람에게는 그저 포도 향일 뿐 이상한 냄새로 여겨지지 않는다고 한다. 여우

**여우취**

미국의 포도 품종인 콩코드(웰치스 주스의 원료), 델라웨어, 한국의 머루, 미국에서 개발되어 한국으로 넘어온 캠벨 얼리 등에서 나는 특유의 사향 향, 진한 포도 주스 향을 말한다. 미국 자생 포도 종인 비티스 라브루스카(vitis labrusca)가 여우 포도라고 불린 데서 유래했다. 와인 평론가 김준철은 '와인 이야기'라는 인터넷 연재물에서 이를 두고, 유럽인들이 미국 포도 품종 와인에서 나는 낯선 향을 '여우에서나 나는 냄새'라고 폄하한 데서 비롯한 표현이라고 했다.

를 볼 기회가 거의 없기 때문에 여우취를 떠올리기 어렵다는 것.

르완다 커피나무 재배 농가에 큰 시름을 안겨 주는 커피의 감자 취를 한국인은 인삼 냄새(호감)로 느끼지만 서양인은 생감자 껍질이나 완두콩 냄새(비호감)로 느낀다고 한다. 단지 농도에 따라 향의 호불호가 역전되기도 하는데 대변 냄새 원인인 인돌indole이라는 향기 물질은 농도가 낮아지면 재스민 향기를 낸다고 한다. 재스민에 비해 대변은 쉽게 구할 수 있으니 꽃향기가 날 때까지 희석해 보고 싶은 생각이 들었으나 실행에 옮기지는 않았다.

후각 세포에 그렇게 많은 수용체가 있는 걸 보면 원래 후각은 가장 중요한 정보 기관이었을 것이다. 아프리카 밀림이나 사바나 초원에서는 맹수의 움직임을 일찍 탐지할수록 생존 확률이 올라간다. 되도록 먼 거리에서 알아내야 하는데 사자가 살금살금 기어 오면 청각은 쓸모없다. 적이 멀리 있거나 풀숲에 감쪽같이 숨으면 알아채기 어려우니 시각도 도움이 되지 않는다. 반면 냄새는 멀리서 바람결을 타고 날아온다. 체취를 지우기 위해 사냥 전에 샤워하는 맹수가 있다는 말은 듣지 못했다. 동물원에 가 보면 동물

냄새가 코를 찌른다. 감출 수가 없다. 냄새는 생명에 직결되는 정보이기 때문에, 기억을 저장하는 해마 옆에 후각 처리 기관이 있는지도 모른다. 냄새를 잘 기억해 뒀다가 적을 식별해야 한다. 하지만 공동체 생활이 시작되면서 말하고 듣는 게 중요한 청각 시대로 바뀌었다. 그러다가 문자와 사진, 동영상까지 발명되면서 읽고 보는 시각의 시대가 왔다. 진화의 관점에서 이제 후각은 감각이라는 무대의 주연이 아니라 조연이 되었다.

더구나 우리나라는 향 문화가 발달한 편은 아닌 것 같다. 굳이 그럴 필요가 없었을 것이다. 한국인이 세계에서 암내가 가장 안 나는 민족이라고 하니 상대적으로 냄새에 까다롭게 굴 이유가 없었을 것이다(구취는 잠깐 제외하기로 하자). 영국 브리스틀 대학교 유전역학 연구팀이 2013년에 피부 관련 학회지에 발표해 화제가 된 논문에 따르면 조사 대상 영국 여성 6,495명 중 겨드랑이 냄새를 유발하지 않는 유전자 변이를 가진 사람은 약 2퍼센트인 117명에 불과했다. 대조적으로 이 변이 유전자가 가장 많은 민족으로 한국이 언급되는데 무려 98퍼센트에 이른다는 것. 이 책 주제와는 관계없지만 흥미로운 정보를 덧붙이자면, 귀를 팠을 때 젖은 귀지가 나오는 사람에겐 냄새 유발 유전자 변이가 있고 마른 귀지가 나오는 사람에겐 없다고 한다. 귀지를 파서 버리기 전에 한번 만져 보길.

향은 경험의 세계다. 노력하면 후각 지각력을 키울 수 있다. 이제 잔에 코를 처박을 때다. 술이 내벽에 자그만 원을 그리며 올라가도록 잔을 흔든 뒤 3초에서 8초 사이에 코를 박고 잽싸게 냄새를 맡는다. 한국 가양주 연구소의 테이스팅 노트에는 과일, 꽃, 식물, 곡물, 광물, 동물성, 태우거나 구운 향, 발효 향, 증류 향, 불쾌취 등 열 가지 항목으로 향이 분류돼 있다. 이 중 한 가지를 고르면 그 밑에 또 수많은 세부 항목이 딸려 나온다. 과일 향의 경우 레몬, 자몽, 오렌지, 사과 등 서른한 가지 과일이 열거돼 있다. 국립 농업 과학원에서 만든 전통주 플레이버 휠*flavour wheel*에는 꽃, 과일, 곡물, 견과류, 한약재, 풋내, 단내, 향신료, 유제품, 발효, 불쾌취 등 열한 가지로 조금 다르게 분류돼 있다. 향은 역시 표준화되지 않은 영역이다.

어떤 향을 맡으면 아스라하게 뭔가 떠오르지만, 그게 정확히 무엇인지는 아리송하다. 누가 바나나 향이라고 하면 불현듯 바나나 향 같다. 누군가 레몬 향이라고 하면 그렇게 느껴지기도 하고. 건망 실어증에 걸린 수준이다. 향을 연습하는 도구로, 프랑스의 와인 전문가 장 르누아르*Jean Renoir*가 만든 '와인의 코*Le Nez du Vin*'라는 키트가 있다. 쉰네 가지 와인 향 앰플을 시간 날 때마다 하나씩 열어 보고 향과 이름을 매칭해 보지만 영어 단어를 외우는 것보다 100배쯤 더 힘들다. 하늘하늘 날아가는 연기를 손에 쥐려는 것 같다.

단지 향을 분별하는 것도 이렇게 어려운데 향기 물질들을 조합해 어떤 향미를 만들 수 있을까. 자신이 없다. 하지만 만들다 보면 어떤 향미가 나긴 날 것이다. 그것이 다행히 사람들이 좋아하는 향미일 수도 있다. 재밌는 건, 블라인드 테스트를 해 보면 2,300원짜리 청하가 10만 원짜리 사케, '준마이 다이긴죠'보다 좋다고 답하는 사람이 많다고 한다. 절대적으로 향미가 좋은 술이 있을 수 있을까. 어쩌면 브랜딩과 마케팅 영역인지도 모른다.

소믈리에 수업을 받으면 여섯 가지 술을 매번 비교, 시음할 수 있다는 점이 좋다. 3개월간 대략 예순 가지 술을 마신 것 같은데 가장 놀라운 발견, 아니, 당연한 깨달음은 찹쌀이나 멥쌀, 녹두 같은 곡물로만 빚은 술에서 멜론이나 바나나, 파인애플, 수박, 풋사과 같은 다양한 과일 향이 난다는 점이었다. 막걸리에서 열대 과일 향이 날 수 있다는 생각을 그전에는 해 본 적이 없었다. 테이스팅 노트에 다양한 카테고리가 있는 것도 실제 그런 향이 나기 때문이다. 어떤 막걸리에서는 연꽃이나 목련 같은 꽃 향도 올라온다. 이것이 향의 세계다. 향 자체는 꽃이나 과일의 전유물이 아니다. 꽃이나 과일에서 강하게 날 뿐이고 어디에서나 날 수 있다. 전통주는 향미가 거의 느껴지지 않는 딱딱한 곡물을 누룩과 배합해 온갖 과일 향과 꽃향기를 구현하는 마술을 보여 준다.

나도 언젠가 그런 마술사가 될 거라는 희망을 품고 열심히 향을 맡아 보고 테이스팅 노트에 기록해 본다. 하지만 몇 페이지 채우지 못한다. 무엇보다 술을 보면 들이켜기 바쁘다. 필기와 실기 시험에 합격해 전통주 소믈리에 자격증을 지갑에 넣고 다니지만 다른 사람들한테 꺼내서 보여 주기는 아직 민망하다.

# 떡볶이 방법론으로 무장한 과하주

③

돌이켜 보면 참 어이가 없다. 술 빚기를 배우기도 전부터, 아니, 쌀도 제대로 씻을 줄 모르는 사람이 '앞으로 과하주에 집중할 거야'라고 말하고 다녔으니. 그러면 사람들은 십중팔구 그게 과실주냐고 되묻는다. 과하주過夏酒라는 말조차 생소할 것이다. 나도 그랬다. 이렇게 잘 알려지지 않은 주종을 선택한 이유가 바로, 널리 알려지지 않았다는 점이었다. 류인수 한국 가양주 연구소 소장이 쓴 〈한국 전통주 교과서〉에서 '조선 최고의 명주, 과하주' 편을 읽다가, 한 방울도 마셔 보지 않은 과하주에 마음이 동했다.

이 책에 따르면 과하주는 조선 최고 명주였는데 일제 강점기에 명맥이 끊겼다가 요즘 되살아나고 있다. 여름에 빚는 술로 막걸리와 약주 같은 발효주에 소주 같은 증

**과하주**

지날 과(過), 여름 하(夏). '여름을 나는 술'이라는 한자의 뜻처럼 약주나 청주에 소주를 부어 알코올 도수를 높여 습도, 온도가 높은 날씨에도 저장성이 좋게 빚은 술. 발효 중 증류식 소주를 첨가해 잔당을 남겨 단맛을 끌어내며 도수는 18~23도.

류주를 섞어서 만든다. 포르투갈에서 생산되는 주정 강화 와인인 포트와인이 이와 비슷해서, 와인에 브랜디를 넣어 만든다. 과하주는 이 포트와인과 주정 강화 방식의 원조를 다툴 정도로 유래가 깊다. 1600년대 초반에 편찬된 것으로 추정되는 한글 필사본 조리서인 〈주찬방酒饌方〉을 보면 과하주를 빚을 때 누룩을 섞은 고두밥에 소주를 넣는다는 기록이 나온다. 또한 1670년대 한글 최초의 조리서인 〈음식디미방飮食知味方〉에서는 과하주 제조법이 상세히 소개되는데 이 시점이 절묘하다. 세계적인 포트와인 제조사인 테일러스Taylor's는 1678년에 포트와인을 선적했다는 기록을 공개했다. 거의 비슷한 시기다. 몇천 킬로미터 떨어진 두 나라에서 거의 동시에 주정 강화 방식으로 뭔가를 하고 있었던 것이다.

과하주라는 표현 자체는 그보다 260년 전, 그러니까 지금으로부터 700여 년 전, 1431년에 씐 〈태종실록太宗實錄〉에 등장한다. 주종을 가리키는지, 술을 계절에 비유한 것인지 확실치 않지만 한자 뜻대로 여름을 보내기 위해 만든 술이다. 소주는 13세기 몽고가 침입하면서 가져온 것이고 막걸리 같은 발효주는 그보다 훨씬 오래전부터 한반도에서 제조해 왔다. 그러므로 두 술 모두 태종 시대에 존재한 것은 분명하다. 섞는 것을 좋아하는 우리 민족의 특성상 두 술을 그냥 놔뒀을 가능성은 적다. 지금도 가장 흔하게는 소주와 맥주를 섞어 마시지만 막걸리와 맥주를 섞는 '냉막'(맥막이 아니고 냉막이다)도 있고, 조선 시대 사람들은 막걸리와 소주를 섞어 마셨다. 섞는 식문화로는 비빔밥도 빼놓을 수 없다. 그러니 한국이 주정 강화 방식 술의 원조라는 주장도 펼칠 만하다.

포트와인도 비슷한 발상으로 생겨났다. 포르투갈 오포르투 항구에서 와인을 영국으로 실어 보낼 때 항해 도중 술이 변질되는 것을 막기 위해 도수 높은 브랜디를 와인에 부었다. 와인 하면 떠오르는 프랑스에서는 왜 이런 술이 안 나왔는지 의문을 풀다 보면 세계사로 들어간다. 프랑스는 100년 전쟁을 치른 영국을 골탕 먹이기 위해 와인 수출을 중단했다. 운송할 일이 없으니 상할 일도 없었다는 얘기다. 그러자 기후 탓에 본국에서는 포도를 재배할 수 없었던 영국인들이 포르투갈로 이주해서 포도를 심고 와인을 담가 실어 보냈다. 포르투갈 외에 스페인도 이러한 경제적 단교의 반사 이익을 보았다. 정치 상황이 술 발명을 연쇄적으로 촉진한 것이다. 스페인에서 주정 강화 방식으로 제조하여 영국으로 보낸 와인은 이름하여 셰리sherry다.

포트와인은 발효하는 도중에 증류주를 넣는 반면 셰리는 발효가 끝난 와인에 증류주를 넣는다는 차이가 있다. 한국 술

**셰리**

스페인어로 '비노 데 헤레스(vino de Jerez)'로, 에스파냐 서남부 도시인 헤레스산 포도주라는 뜻이다. 헤레스의 영어식 이름이 셰리. 과거에는 색(sack)으로도 불렀다.

중에서는 '경성 과하주'가 포트와인, '풍정사계 하夏'가 셰리 방식으로 제조된다.

　어떻게 보면 이런 방식이 엄청 창의적인 것 같지는 않다. 이탈리아 시칠리아의 마르살라marsala, 이탈리아와 남부 프랑스의 베르무트vermouth, 그리스와 튀르키예 사이 키프로스의 코만다리아comandaria, 포르투갈 마데이라제도에서 나는 마데이라madeira도 모두 주정 강화 와인이다.

　술을 섞는 것은 혁신이라기보다는 자연스러운 진화 과정이다. 누가 시작했느냐보다 어떻게 발전시켰느냐가 중요하다. 포트와인은 식후주로서 세계적 명성을 얻었다. 가격대도 2만 원에서 수백만 원에 이르러 선택 폭이 넓다. 와이너리 '니에푸르트Niepoort'의 1863년산 포트와인은 2018년 홍콩 경매장에서 1억 5,000만 원이 넘는 가격에 낙찰되기도 했다. 우리의 과하주는 아예 이름 없는 술이 돼 버렸다. 일제 강점기에 가양주 양조가 금지돼 다양한 술이 산업으로 성장할 기회를 잃는 바람에 대부분의 식당에는 희석식 소주와 맥주 등 획일화된 선택지만 있다. 소비자들은 그 둘을 섞는 것으로 알아서 주종을 늘린다.


　가양주란 집에서 빚은 술을 뜻한다. 일본은 식민지였

**셰리 캐스크 위스키**

영국 주당들이 절약 정신을 발휘해 셰리를 수입했던 통에 위스키를 넣었는데, 단맛과 오크 향이 밴 새로운 위스키가 탄생했다. 코로나의 세계적 유행으로 혼술이 유행하던 시기, 한국 위스키 애호가들 사이에 열풍을 불러일으켰던 맥캘란 12년산이 셰리 오크 위스키의 기원이다.

던 한국뿐 아니라 자국에서도 가양주를 금지했다. 주세를
확보하기 위한 목적이었는데 지금도 그 제도를 유지해서
일본 가정에서는 술을 빚을 수 없다(이럴 때 열심히 가양주를 빚
어서 일본 사케를 따라붙어야 한다). 한국은 1995년 가양주 주조
가 허용된 이후 점차 전통주 양조 붐이 일어나 2024년 말
기준 1,500여 개나 되는 양조장이 생겨났다. 하지만 과하
주에 집중하는 곳은 거의 없다. 내가 과하주를 빚어야 할
이유가 점점 확실해진다. 틈새가 보인다.

과하주를 선택한 실질적인 이유는 전통주 하면 떠오
르는 한계들 때문이다. 나도 막걸리를 좋아하기는 하지만
배가 금방 불러와서 다른 음식을 먹기 어렵다. 약주는 누
룩취가 강하게 느껴질 때가 있고, 증류주는 도수가 너무
높다. 과하주가 이런 약점들을 보완할 수 있을 것 같았다.
쌀과 누룩의 비중이 적기 때문에 누룩취뿐만 아니라 끈적
한 입자감도 줄일 수 있다.

시중에 나온 몇 가지 과하주를 일단 시음해 봤다. 내 입
맛에 맞는 술을 찾지는 못했다. 너무 달거나 싱거웠다. 과
하주를 조선 시대 주방문酒方文, 술 빚는 방법을 적은 글에 따라 양
조하면 달고 독하다. 증류한 소주를 붓기 때문에 알코올 도
수가 20도를 훌쩍 넘어가는데 요즘 소주 도수가 끝도 없이
내려가는 추세에 비춰 너무 세다. 도수는 물을 넣어 조절하
면 되지만 관건은 단맛이다. 소주를 넣으면 발효를 멈춰 효

모의 먹이인 당분이 그대로 남아 단 술이 된다. 이 단맛이 과거에는 귀했지만 현대인의 입맛에는 부담스럽다.

물론 단맛은 중요하다. 떡볶이를 좋아하는 사람들 중엔 매운맛에 먹는다고 생각하지만 사실 단맛에 중독된 이들도 있다. 떡볶이에는 엄청나게 많은 엿기름이나 설탕이 들어간다. 그걸 매운맛이 감추고 있을 뿐. 〈프루프〉를 쓴 애덤 로저스Adam Rogers에 따르면 "진화의 관점에서 동물의 뇌가 '달콤함'을 '맛있음'과 동격으로 간주하는 이유는 이 구조와 성분을 지닌 분자에서 힘들이지 않고 많은 칼로리를 얻을 수 있기 때문이다. '달콤함'은 에너지 밀도가 높은 음식을 먹을 때 뇌가 주는 보상 메커니즘이다."

즉 단맛을 좋아하는 것은 한때는 진화론적으로 합리적 행동이었다. 달기만 하니까 문제지, 단맛은 필수다. 그러니 단맛을 없애는 게 아니라 감춰야 한다. 떡볶이 방법론으로 무장한 나는 과하주를 나의 주종으로 정해 버렸다.

**프루프**

미국 잡지 〈와이어드〉 편집자이자 베테랑 과학 기자 애덤 로저스가 3년간 취재한 끝에 출간한 책. 술의 역사, 발효와 증류 원리, 인간 뇌와 알코올의 관계, 숙취의 과학 등 술에 관한 지식을 과학적으로 풀어냈다.

# 부엌에서 잠자던 과일청을 꺼내다

(4)

과하주로 가기 전에 거쳐야 할 단계들이 있다. 가장 기초단계의 술은 과실주다. 내가 처음 시도한 술도 과실주다. 정확히 말하면 과실이 아니라 과실청을 이용해 미드mead 방식으로 담근 술에 가까웠다. 미드는 꿀로 만든 술을 뜻한다. 집 안 어딘가에서 잠자던 레몬생강청, 매실청, 석류청을 꺼내 식탁 위에 올려놓는다. 혈당 걱정에 먹기도, 버리기도 애매했던 이 청들을 이제 혈당 걱정 없는 효모가 먹어 치울 것이다.

먼저 청에 정수기 물을 붓는다. 물 양이 청보다 살짝 많다. 소량의 와인 효모 퍼미빈Fermivin을 미지근한 물에 타서 30분 정도 담가 둔 뒤 모두 함께 병에 담는다. 병 입구에 랩을 씌우고 이쑤시개로 작은 구멍을 뚫어 마개를 살짝 얹는다. 순식간에 매

**퍼미빈**
가장 유명하고 많이 쓰이는 프랑스 회사의 활성 건조 효모 브랜드. 레드 와인, 화이트 와인에 모두 쓸 수 있다. 신속하고 완전한 발효를 도우며 과일, 꽃, 미네랄 향을 생성한다.

실주, 레몬생강주, 석류주가 만들어진다. 이때 청과 물의 정확한 비율은 1대 1.2다. 효모는 청 무게의 1퍼센트 정도를 넣는다. 청이 100그램이면 효모는 1그램이다. 효모를 섞는 물 양은 효모의 열 배. 효모가 1그램이면 10밀리리터를 넣으면 된다.

처음 과실주를 만들 때는 정확한 효모 양도, 청의 당도도, 물의 온도도 측정하지 않았다. 효모가 좋아하는 온도는 섭씨 25도인데 정수기 온수와 냉수를 적당히 섞었다. 대충하긴 했지만 이론적 근거를 조금 덧붙이자면, 청의 당도가 50브릭스brix, 용액 100그램에 녹아 있는 당의 비율로 계산 정도라 가정하고 물을 부어, 효모가 좋아하는 당도인 24브릭스로 희석했다. 24브릭스의 당분으로는 알코올 도수가 10도를 살짝 넘기는 술이 된다. 전통주 소믈리에 수업에서 사람들은 이 도수를 가장 좋아한다고 배웠다.

과일로 술을 담글 때 설탕을 넣는 이유도 같은 맥락이다. 효모가 좋아하는 최소 당도가 20브릭스인데 국내 과일은 대부분 이에 미치지 못하기 때문이다. 한국에서 만든 포도주에 대개 설탕이 첨가되는 것도 마찬가지 이유다. 여기서 잠깐 과실주의 대명사인 와인의 세계에 들러 보자. 유럽산 포도들은 샤도네이, 피노누아, 시라, 비오니에 등 품종은 다양해도 20~25브릭스의 비티스 비니페라vitis vinifera라는 단일 종에서 파생됐다. 이 품종들은 껍질이 얇고 당도가 높으며 즙이 풍부해서 발효에 적합하다. 와인 발상지 조지아에서 처음 재배된 것으로 추정되며, 비니페라는 '포도주를 만드는'이라는 뜻이다. 그러니 한국 와인처럼 설탕을 넣을 필요가 적다. 포도 종의 브릭스 차이에 대해서 본격적으로 이야기하자면 머리가 아득해지는, 〈총, 균, 쇠〉 급의 설명이 필요하다.

> 아메리카 대륙과 동아시아의 산맥 대부분이
> 남북으로 뻗어 있는 반면 유럽과 서아시아는
> 동서로 나 있다. 빙하 시대에 빙하가 남쪽으로
> 퍼져 나갈 때 아메리카와 중국의 포도종들도
> 따뜻한 기후를 찾아 따라 내려가게 됐다. 하지만
> 유라시아에서는 산맥에 막혀 빙하가 다시 녹을
> 8,000년 뒤까지 살아남을 수 있는 국소적으로
> 따뜻한 '대피소'에서 버텨야 했다. 이 과정에서
> 비티스 비니페라만이 살아남았다.
>
> – 애덤 로저스, 〈프루프〉

진화라는 거대한 시간의 흐름 속에서는 식물도 동물처럼 추위를 피해 이주한다는 얘기인데 산맥을 넘지 못해 꼼짝없이 추위에 갇힌 식물은 생존을 위해 다시는 얻지 못할 에너지원을 아껴 쓰며 당을 내부에 축적한다. 이 기간이 길어지면 당을 잘 축적하는 종만 살아남는다. 여기에 척박한 토양과 강렬한 태양이라는 조건이 더해져 브릭스 높은 비티스 비니페라 종이 출현했다는 설명이다. '인내는 쓰고 열매는 달다'의 포도나무 버전이다. 우리나라 포도나무들은 추위를 피해 어딘가로 피신했다가 날씨가 따뜻해지자 다시 돌아온, 기민한 종인 셈이다. 온화한 기후와 양질의 토양에서는 악착같은 종이 나올 수 없다.

설탕을 넣으면 술의 품질이 떨어진다는 지적도 있고, 화학적으로나 미각으로나 문제될 게 없다는 반론도 있다. 프랑스에서도 탄산 가스를 생성하기 위해 샴페인에는 추가 발효용 설탕을 첨가한다. 프랑스 남부를 제외한 대부분 지방에서 허용치 내 소량의 설탕을 넣을 수 있다. 미국도 캘리포니아주에서만 당 추가를 금지하는데 또 포도 시럽은 허용한다. 그러므로 설탕을 안 쓴다고 일률적으로 말하기 어렵다. 다만 설탕을 넣은 와인은 숙성해도 맛이 깊어지지 않는다고 한다.

한국 포도주의 역사도 의외로 길다. 1540년경 편찬돼 현존하는 조리서 중 가장 오래된 〈수운잡방需雲雜方〉에는 멥쌀이나 찹쌀에 포도를 으깨 넣어서 누룩과 섞어 술 빚는 법이 나온다. 설탕을 안 넣어도 누룩곰팡이가 쌀에 함유된 전분을 포도당으로 분해하여 브릭스가 20 이상 올라갔을 것이다. 한국 술들은 쌀의 전분으로 20브릭스가 넘는 당분을 얻어 만들어지기 때문이다. 이런 술을 부를 적당한 말이 없다. 포도가 들어갔으니 포도주라고 할 수 있고 전통 제조법으로 빚었으니 거르느냐 마느냐에 따라 포도 약주, 혹은 포도 막걸리라고도 할 수 있을 것이다.

오늘날 한국 와인 양조장에서는 누룩을 안 쓰고 서양 식으로 만들기 때문에 용어의 혼란은 없다. 누룩을 쓰지 않은 술을 전통주라고 할 수는 없지만 한국에서 만들었으 니 한국 술인 것은 맞다. 외연을 넓히고 있는 한국 술 세계 에서 굳이 한국 와인을 배제할 이유는 없을 것 같다. 공부 를 하다 보니 한국 와인 개발사도 꽤 흥미로웠다.

한국에서는 레드 와인을 생산할 때는 캠벨 얼리 MBA, 거봉을, 화이트 와인을 만들 때는 샤인머스캣, 청향淸香, 청 수淸水 품종을 주로 쓴다. 나를 한국 와인의 세계로 인도한 게 바로 청수다. 농업 진흥청 산하 국립 원예 특작 과학원 에서 1993년에 씨 없는 청포도로 개발한 청수는 국산 화 이트 와인 1세대인 노블와인과 마주앙 화이트에 쓰였던 시 벨 9110을 모본종자나 묘목 따위를 얻으려고 기르는 나무으로, 씨 없는 품종인 힘로드 시들리스를 부본으로 교잡해서 나온 품종 이다. 처음에는 그냥 먹는 포도로 육종됐으나 수확기에 포 도 알이 많이 떨어져서 상품성이 없었다. 사라질 위기에 처하자 농업 진흥청의 정석태 박사 등이 청수로 양조하는 시범을 보인 끝에 농가들이 하나둘 심기 시작했고, 결국 양조용으로 역할이 바뀌었다.

대부도 언덕바지의 '그랑꼬또 와이너리'에서 탄생한, 포도 이름 그대로 '청수'라고 이름 지은 화이트 와인이 2016년 우리 술 품평회에서 과실주 부문 최우수상을 탄 것이 반전의 신호탄이었다. 이후 청수 품종으로 만든 와인은 충북 영동 불휘 농장의 '시나브로'와 경북 영천의 '고도리 화이트' 등으로 2024년까지, 딱 한 해만 거르고 매년, 과실주 부문 상을 휩쓸었다. 지금은 전국 서른여 양조장에서 청수 포도로 만든 와인을 내놓는다. 블라인드 테스트에서 외국산 샤르도네 품종 와인보다 좋은 평가를 받기도 했다. 청수의 눈물 나는 비상이다!

내가 처음 맛본 청수 와인은 전통주 소믈리에 수업 시간에 최정욱 소믈리에가 가져온 '골든 타임'이라는 화이트 와인이었다. 경주 '예인화원'에서 양조한 이 내추럴 와인에 나뿐만 아니라 예비 소믈리에들의 반응이 뜨거웠다. 색깔은 다른 화이트 와인들보다 짙어서 거의 오렌지빛이 나고 맛은 새콤달콤할 것 같은데 그렇지 않았다. 점잖게 넘어가는 듯하다가 피니시에서 싱그러움이 팍 밀고 올라왔다.

이 와인을 만든 고은혜 대표와 어느 행사장에서 마주쳤을 땐 (나만) 반가웠다. 직접 포도를 재배하고 와인도 빚느라 햇볕에 얼굴이 그은, 섬세하고 상냥한 표정의 중년 여성이었다. 고 대표는 "본가가 오랜 기독교 집안이어서, 일제 강점기부터 포도주를 빚었어요. 그 전통을 이어받아 아무런 첨가제도 넣지 않고 내추럴 와인을 빚고 있죠"라고 말했다. 역시 족보가 있는 와인이었다.

청수 포도에 관심이 생긴 나는 '264 화이트 와인'을 생산하는 와이너리를 찾아 안동시 도산면까지 갔다. 독립운동가이자 시인인 이육사 선생은 자신의 수형 번호 264를 필명으로 삼았다. 청수가 청포도 품종이라는 점, 이육사 선생이 「청포도」라는 시를 남긴 점, 그리고 이육사 선생의 고향인 도산면에 와이너리가 있는 점도 와인 이름에 담겨 있다. 근처에 있는 이육사 문학관과 협업도 한다. 와이너리 전면 벽에는 이육사의 사진과 함께 「청포도」 전문이 적혀 있다.



내 고장 칠월은
청포도가 익어 가는 시절
이 마을 전설이 주저리주저리 열리고
먼 데 하늘이 꿈꾸며 알알이 들어와 박혀
하늘 밑 푸른 바다가 가슴을 열고

흰 돛단배가 곱게 밀려서 오면


내가 바라는 손님은 고달픈 몸으로
청포(靑袍)를 입고 찾아온다고 했으니,


내 그를 맞아 이 포도를 따 먹으면
두 손은 함뿍 적셔도 좋으련.


아이야, 우리 식탁엔 은쟁반에
하이얀 모시 수건을 마련해 두렴.


항상 독립을 염원했던 선생의 뜻대로, 국내에서 개발한 청수를 재배해 양조한 '264'에는 세 가지 제품이 있다. 선생의 시 제목들을 따 미디엄 스위트의 '꽃', 미디엄 드라이의 '절정', 드라이 계열의 '광야'다. 세 가지를 다 마셔 본 결과 '절정'이 입맛에 가장 맞았다. '골든 타임'보다는 조금 달지만 청수 품종 특유의 파인애플과 배 향이 나고 신선한 산미에다가 약간 쓰고 떫은 복합적인 향미가 있다. 시 「절정」에서 묘사한 북방의 건조한 느낌은 아니지만 드레스 코드로 청포를 입고 마시면 어울릴 것 같은 술이다.

여기까지 왔으니 와이너리의 대표를 안 만나고 갈 수는 없는 일. 이동수 264 와인 대표는 챙이 넓은 사파리 모자를 쓰고 목이 긴 장화를 신은 채 건물 안팎을 오가고 있었다. 몇 가지 물어보니 전부 선선히 설명해 주는 것이 마음씨 푸근한 농부의 인심 그대로다. 그는 30년간 수박 농사를 짓다가 영천 와인 학교에서 3년 교육을 받고 와인 메이커로 변신했다. 퇴계 이황 선생의 15대손이기도 한 이 대표는 "도산면은 열대야가 없고 일교차가 심해 와인 빚기에 좋은 입지"라고 말했다. 지난해에만 혼자서 4만 3,000병을 빚었다고 한다. 와인 제조 시설은 자동화되어 전통주 제조 시설보다 일이 훨씬 수월하다. 전통주 양조장 설비도 일부 자동화됐지만 고두밥을 찌고 퍼나르는 공정에는 삽질이 필요해서 규모가 조금이라도 커지면 혼자 할 수 없다.

한국에서는 좋은 과일들이 많이 나기 때문에 굳이 포도를 기준으로 평가할 일은 아니다. 복분자, 오디, 무화과, 사과, 딸기, 블루베리, 돌배, 복숭아, 자두, 귤, 심지어 홍시로 만든 와인도 생산된다. 향미의 다양성에서 전혀 꿀리지 않는다. 그중에서도 산머루는 특별하다. 한국에서 나는 전통 과일 중 가장 당도가 높다. '얄리얄리 얄라셩'이라는 후렴구로 유명한 「청산별곡」의 "머루랑 달래랑 먹고 청산에 살으리랏다"라는 구절의 그 머루다. 청산에 있는 머루니까 미뤄 짐작건대 산머루다. 산머루는 그냥 머루보다 더 달아서 당도가 16에서 18브릭스까지 나온다. 우리가 보통 달다고 느끼는 감귤은 12브릭스가 넘으면 최상급이다. 콜라나 사이다의 브릭스가 10과 11 정도다. 산머루도 여전히 당을 보충해야 하지만 보당을 안 하고 와인으로 만들어 보겠다고 나선 이가 있으니 프로 복서 출신 백승현 '수도산 와이너리' 대표다.

해발 1,317미터로 꽤 높은 수도산은 경북 김천에 있다. 산골 버스가 하루에 세 대만 운행되는 오지다. 해발 500미터 고지 지천에서 산머루가 자란다. 백 대표는 2승 3패의 전적으로 프로 복서를 은퇴하고 경호업체에서 3년 일하다가 IMF 사태로 실직하고 귀향했다. 유기농으로 산머루를 재배하면서 보통 여름인 수확 시기를 11월까지 늦춰서 서리를 맞혔다. 비티스 비니페라의 탄생 신화를 재현한 셈이다. 산머루가 추위에 견디기 위해서 당을 내부에 축적하면서 당도가 24까지 올라갔다. 그는 산머루 와인을 3년 이상 오크 통에 숙성시킨 뒤 '크라테'라는 이름으로 출시했다. 외국에서 와인 원액을 벌크로 사 와서 제조했다는 의심을 받을 만큼 한국에서 나오기 어려운 특별한 와인이었다. 2023년 우리 술 품평회에서 대통령상을 받으면서 "자연이라는 링에서 한국 와인 챔피언이 되겠다"는 꿈을 이뤄냈다. 2025년 2월 대한민국 주류 대상 박람회에서 마주친 백 대표는 스포츠형으로 짧게 자른 머리와 검게 그은 얼굴에 여전히 복서의 눈매가 살아 있었다. 반가워서 이런저런 얘기를 들으며 대통령상 수상 당시를 회고해 달라고 하자 "'했네'라고 생각했다"고 무뚝뚝한 경상도 사투리로 말했다. 그렇게 간명한 소감은 처음이었다. 물어본 사람이 무안해졌다. '해냈다'라는 뜻이었다.

예인화원에서도 산머루와 캠벨 얼리를 섞어 설탕을 넣지 않고 만든 내추럴 레드 와인, '남산애'를 출시했다. 인근 상주시 모동면의 '모동21 와이너리'에서도 산머루와 캠벨 얼리 등을 넣어서 보당하지 않고 '유총'을 내놓았으니 산머루를 빼놓고 한국 와인을 얘기하기는 어려울 것 같다. 유총은 와이너리 용유총 대표가 자신의 이름을 내건 와인이다. 포도를 인공적으로 압착하지 않고 중력에 의해 자연스레 스며 나오게 하는 프리런freerun 방식으로 생산한 고급 와인이다. 효모도, 오크 통도 쓰지 않고 병입한 후 토굴에서 최소 5년 숙성한다. 유총은 한국 와인치고는 비싼 편인 9만 9,000원인데 최고급은 99만 9,000원이나 한다. 한국 와인 이야기는 여기까지.

크라테나 남산애, 유총은 오랜 노력의 결실이어서 쉽게 따라갈 수 없는 존경스러운 길이다. 내 과실주는 정반대다. 설탕 덩어리인 청이 너무 달아서 물을 넣어 가며 브릭스를 낮추어 만든다. 실온에서 발효시킨 지 40일 만에 침전물을 걸러 내고 병에 옮겨 담은 후 본격적인 숙성에 들어간다. 이제 공기가 안 통하도록 뚜껑을 단단히 닫아야 한다. 효모는 산소가 있으면 증식하고 산소가 없으면 알코올을 생산한다. 잠깐 맛을 보니 알코올 도수도 느껴지고 적당히 달아서 맛이 좋다. 만들기는 라면 끓이기보다 쉽다. 이렇게 주먹구구로 술을 만들어도 되나 싶다가도 이래서 집밥이 맛있다고 하나 하는 생각이 든다. 이후로 집 구석구석을 뒤지기 시작했다. 처박혀 있는 꿀들을 효모에게 먹일 참이다. 청으로 이런 술들이 나오는데 꿀로는 더 쉽지 않을까. 단순하게 생각했다.

KRATE
KLA
POLOX

# 누가 이 엉망진창 파이글린을 마실 것인가

5

가장 기초적인 과실주에서 한 단계 더 나아가면 꿀로 만드는 미드가 나온다. 사실 진화론적 관점에서 미드는 인류 최초의 발효주라고 불린다. 꿀에 물을 섞어 두면 야생 효모가 꿀의 당분을 먹고 알코올을 생성한다. 야생 효모는 어디에나 있다. 우리 집에도 있고, 이 책을 읽는 분들 집에도 떠다닌다. 누룩을 띄운다는 것은 물을 섞어 말랑말랑해진 곡물로 대기 중에 떠다니는 곰팡이와 효모를 포집하는 행위다.

술은 발명된 것이 아니다. 물이 그렇듯 그저 존재한 것이다. 그것도 호모 사피엔스가 생겨나기 전부터. 꽃, 벌, 효모 그리고 물이라는 네 요소는 언제나 존재했다. 효모는 수억 년 전부터 있었고, 꽃가루 화석은 1억 3,500만 년 전, 꿀벌 화석은 4,000만 년에서 3,500만 년 전 지층에서 발견됐으니 최소 3,500만 년 전에 술이 존재했으리라 짐작한다. 그때 효모는 꿀 외에도 익은 과일을 먹고 알코올을 생산하기도 했을 것이다.

고작(?) 20만~30만 년 전에 태어난 호모 사피엔스는 원숭이들이 뭔가를 마시고 해롱거리는 모습을 봤을 테고 그중 호기심 강한 돌연변이들이 손가락으로 찍어서 맛을 보다가 통째로 들이켰을 테다. 약 1,000만 년 전, 인간과 침팬지, 고릴라의 공통 조상에서 에탄올을 빠르게 분해하는 알코올 탈수소 효소ADH 중 하나인 ADH4의 변이가 일어났다고 알려진다. 다른 동물들에겐 ADH4가 있어도 에탄올이 분해되지 않는다. 대표적인 예가 코끼리다. 그렇게 덩치가 큰데도 소량의 알코올을 마시고 사고 치는 것은 이 때문이다. 한편 ADH4 변이 유전자가 있는 동물 중 술을 마시고 해롱거리면서도 절제할 수 있는 건 인간이 유일하다고 한다. 물론 그렇지 못한 인간 동물들이 주위에 없지 않지만 대체로 그렇다. 그러므로 술은 다른 동물과 인간을 구분하는 핵심 물질일 뿐 아니라 쌀이나 밀 같은 곡식보다도 더 오래된, 인간을 인간답게 만든 음식이라는 주장도 나온다. 심지어 농사도 맥주를 빚기 위해 시작됐다고 주장하는 학자들(《총, 균, 쇠》의 저자 재러드 다이아몬드도 그중 한 명)도 있다. 이를 맥주 가설beer hypothesis이라고 하는데, 이 가설을 주장하는 이들의 슬로건은 '빵보다 맥주beer before bread'다.

인간은 꿀이 자연 발효되기를 기다리지 않고 여러 술

로 진화시켰다. 미드는 크게 세 가지로 나뉜다. 꿀만 넣은 미드 mead, 꿀에다 과일을 넣으면 멜로멜 melomel, 꿀에 허브, 생강, 고추, 진피 같은 향신료를 넣으면 메세그린 metheglin 이다.

나는 꿀만 넣는 것으로 시작했다. 집에 있던 이름 모를 꿀 450그램에 물 1,350밀리리터를 섞는다. 부피와 무게는 단위가 다르지만 대체로 꿀 무게에 3을 곱한 부피의 물을 넣으면 된다고 배웠다. 꿀의 당도가 70 정도일 것으로 보고 25 정도로 희석하는 것이다. 역시 섭씨 25도를 지향하면서 정수기의 온수와 냉수를 적당히 섞은 20밀리리터의 물에 퍼미빈 효모 2그램을 넣고 30분을 기다려, 꿀과 물을 넣은 발효 통에 붓는다.

서재 한구석에 놔두고 오가면서 지켜보는데 아무래도 발효가 안 되는 것 같다. 효모 같은 것들이 뭉텅이로 물 위를 떠다닐 뿐이다. 며칠 뒤 들여다봐도 그대로다. 한국 가양주 연구소 강수영 부원장한테 물어보니 "올해 미드 만드는 분들이 똑같은 문제를 겪고 있다"고 한다. 내 잘못만은 아니라는 생각에 조금 안심이 된다. 꿀은 효모의 식량인 포도당과 과당, 그리고 자당<sub>포도당과 과당은 단당류, 과당과 포도당이</sub>

결합한 것이 자당, 즉 설탕이 풍부하게 섞인 덩어리다. 하지만 과당만 있는 과일에 비해 효모가 잘 먹지 않는다고 한다. 과일을 추가로 투입해 보라는 강 부원장의 조언에 따라 식욕을 잃은 효모들에게 특식을 제공하기로 한다.

계획에 없던 멜로멜로 전향한다. 씨가 없는 샤인머스캣을 두 송이 사서 넣는다. 효모도 1그램 정도 더 넣는다. 며칠 지켜보는데 여전히 반응이 없다. 포도 껍질이 두꺼워서 효모가 먹지 못하는가 보다 싶어 샤인머스캣을 꺼내 믹서로 갈아 다시 넣는다. 발효조로 썼던 플라스틱 통이 꺼림직해져서 유리병으로 교체한다. 일주일이 지난다. 아무 반응이 없다. 반려동물을 키우는 사람들이, 개나 고양이가 아프면 어디가 아픈지 말 한 마디만 해 줬으면 좋겠다고 소원하듯(감히 비할 바 아니지만) 내 심정이 그렇다. 뭐가 마음에 안 드는지 한 마디만 해 줬으면……. 한 국자 떠서 마셔 보니 맛은 시고 알코올기는 느껴지지 않는다. 47일째 되는 날 버려야 하나 고민하다 심폐소생술을 하는 마음으로 메이플 시럽과 효모를 소량 더 넣는다.


미드의 세계는 생각보다 섬세하다. 멜로멜도 넣는 과일에 따라 다르게 부른다. 포도를 넣으면 파이먼트pyment, 사과를 넣을 경우에는 사이저cyser, 배는 페리 미드perry mead, 블랙커런트는 블랙 미드black mead, 오디는 모랏morat, 메이플 시럽을 넣으면 에이서글린<sub>acerglyn</sub>이다. 나는 포도의 일종인 샤인머스캣과 메이플 시럽을 넣었으니 파이먼트와 에이서글린을 합친 명칭도 하나 필요하다. 파이글린 정도로 해 두자. 50일째 되는 날 썩거나 쉰 것 같지는 않아서 지게미술을 거름망에 거르고 남은 찌꺼기들을 다 덜어내고 거른 술만 병입한 뒤 냉장고에 넣는다. 누가 이 엉망진창 파이글린을 마실 것인가.

미드를 만들 때 또 한 가지 신경 써야 할 일이 있다. 알코올 도수를 맞추는 것이다. 발효 전후로 머스트의 무게를 달아서 전과 후의 차이에 131.25를 곱해 알코올 도수를 측정한다. 목표 도수인 11도 안팎에 미치지 못하면 꿀을 더 넣어 주고 목표 도수를 초과하면 물을 더 넣어 주는 보정 작업에 들어간다. 저 공식은 그냥 외우면 되는데 굳이 원리를 따져 보니 이렇다. 알코올은 물보다 가벼우므로 알코올이 발생했다는 건 용액 밀도가 낮아졌다는 의미다. 이 밀도가 얼마나 낮아졌는지로 알코올을 추정하는 것이다. 131.25는 알코올과 물의 밀도 차이를 반영해서 나온 경험치로, 상수다. 원주율 3.14처럼 말이다.

제대로 된 미드를 맛보고 싶은 분들에게는 충남 공주 석장리에서 미드를 빚고 있는 이재천 '석장리 미더리' 대표의 '시크릿'을 추천한다. 꿀에 블랙커런트와 체리를 넣어서 만든 멜로멜 계통인데 적당히 달고 상큼함이 침샘을 자극한다. 가장 권위 있는 미드 대회인 미드 매드니스컵에서 동상을 수상했다. 제대로 미드를 만들고 싶은 분들을 위해 이 대표에게 허락받아 우리 술 최고 지도자 과정에서 시범을 보여 준 제조법을 여기 공개한다.

이 대표의 지도대로 제조한 술을 집에 가져와서 한 달 간격으로 병갈이를 해 준 후 6개월이 지나 마셨는데 꿀로 만들었다는 선입견에 달 거라고 생각했지만 향미의 밸런스가 뛰어난 술이었다. 거기에 보디감도 약해서 술술 들어간다. 이렇게 전문적이고 세심한 제조법에 비춰 볼 때 나는 미드를 만들었다고 말하기조차 민망했다. 그런데 웬걸, 8개월 숙성한 파이글린(?)을 개봉했을 땐 신기하게도 샤인머스캣의 은은한 포도 향과 함께 달큰하고 깨끗한 맛이 났다. 최고의 '블렌더'인 시간이 죽은 술도 살렸다.

# 이재천 대표의 미드 레시피

제주 감귤꽃 꿀 7.2kg, 생수 14L,
효모(와인 효모 EC 118) 10g,
효모 영양제, 아황산염, 청징제 적당량

1. 제주 감귤꽃 꿀에 생수를 섞는다. 이렇게 꿀과 물이 섞인 상태를 머스트라고 부른다(감귤꽃 꿀의 당도는 50브릭스 정도다).

2. ①의 머스트 20~30리터 기준으로 효모 10그램을 넣고 18도에서 20도 사이에서 7~10일 발효한다.

3. 발효 시작 24시간 이후 48시간 이내 효모 영양제를 뿌린다. 효모 영양제는 제2인산암모늄 또는 고-펌, 퍼메이드 O&K를 사용한다. 질소를 공급하여 효모 발육을 촉진하는 용도다.

4. 산화와 갈변 방지, 살균을 위해 아황산염을 첨가한다. 죽은 효모, 단백질, 섬유질 등 혼탁 이물질들을 바닥으로 가라앉히는 용도로 청징제를 넣는다.

5. 머스트의 수소 이온 농도(pH)는 5 이하로 유지해야 잡균 증식을 막을 수 있다. 보통 생수의 pH가 7.2다. pH를 5 이하로 낮추려면 산도 조절제를 넣는다. 산도 조절제로는 젖산, 사과산, 구연산이 허용된다.

6. 영상 1~3도로 숙성한다. 숙성 한 달째, 가라앉은 찌꺼기를 다시 걸러내고 새로 병입한다.

7. 이 과정을 한 달 또는 두 달 간격으로 계속하면 좋다. 6개월 이후 마신다.

# 한여름 밤의 찹쌀 스파클링 막걸리

과실주와 미드로 흉내는 냈지만 술을 빚었다기보다는 원료에 물과 효모를 붓고 휘휘 저은 뒤 통에 넣고 기다린 것에 불과했다. 이제 본격 전통주 빚기로 넘어가야 한다. 가양주 수업은 진도가 쭉쭉 나가서 당귀 달인 물을 섞어 빚는 당귀주, 말린 쑥을 고두밥과 함께 쪄서 빚는 어주, 찹쌀로 빚는 스파클링 막걸리, 아이스크림처럼 떠먹는 막걸리인 이화주, 전통주 중 가장 달콤한 동정춘, 삼키기가 아깝다는 석탄주, 얼린 복분자를 해동해서 넣는 복분자주 그리고 과하주 등 수강생들과 함께 여덟 가지 술을 배우고 함께 빚었다.

내가 속한 8조에서는 여덟 명이 함께했는데 두 명만 빼고 다 20대 후반이었다. 지휘하는 사람이 없어도 손발이 잘 맞았다. 연구소에 오기 전 마치 훈련소에서 집체集體 훈련을 함께 받고 나온 사람들처럼 단합이 잘되고 일도 척척 진행됐다. '선생님'이라는 호칭을 줄여서 친근하게 '샘'이라고 서로를 부르는 것도 좋았다. 상대에게 뭐라도 배울 게 있다는 뜻이 내포돼 있기 때문에 '씨'나 '님'보다 서로를 존중하는 느낌이 살아났다. 공동 작업에서 나의 역할은 나르거나 씻거나 주무르는 것처럼 힘쓰는 일이었지만 눈대중으로 많이 배웠다. 놀라웠던 것은 그렇게 빚은 술들 어느 하나 맛없지 않았다는 점. 전통주는 정말 배울 가치가 있다.

술은 한 번에 빚으면 단양주다. 이양주란 두 번에 걸쳐 나눠 빚은 술이라는 뜻이다. 밑술을 만들어 놓고 덧술을 추가할 때마다 숫자가 올라간다. 밑술로 효모를 증식하고, 이렇게 증식된 효모에게 덧술로 먹이를 주면서 술을 만들기 때문에 여러 번 빚을 때마다 품은 더 들지만 성공 확률은 높아진다. 양조장에서는 삼양주 방식을 많이 쓴다고 한다. 2025년 기준으로 한국에서는 최대 십이양주까지 출시됐다. 이제 단양주부터 시작해 보자.

단양주는 단판 승부여서 오히려 어렵다. '대강막걸리', '도깨비술', '서막12도', '일월삼주일주142', '꽃잠막걸리' 등이 우리 술 품평회에서 상을 받고 반응도

**밑술**

술을 빚는 첫 단계에서 효모 증식이 빨리 되도록 누룩, 고두밥과 함께 조금 넣는 종자 술.

**덧술**

잘 발효된 밑술에 고두밥, 물 등의 재료를 추가로 넣은 술. 덧술을 넣어 도수를 올려 발효를 안정화하고 술의 맛과 향, 풍미를 높인다.

좋은 단양주다. 샴페인처럼 탄산 가스가 올라와서 유명해진 '복순도가'의 '손막걸리'도 단양주다. 그런데 내 입맛에는 수업 시간에 배운 단양주인 찹쌀 스파클링 막걸리가 복순도가를 능가했다. 이 비법을 소개한다.

실패 확률을 줄이기 위해 누룩 300그램을 물 2리터에 먼저 넣는다. 이것을 수곡이라고 하는데 말 그대로 물에 빠뜨린 누룩이다. 누룩에 있는 곰팡이와 효모는 물에 두면 활성화된다. 일곱 시간가량 기다린다. 찹쌀 2.5킬로그램을 깨끗이 씻어, 다시 말해 백세해서 물에 세 시간 동안 담가 놓는다. 이후 체에 받쳐서 한 시간 동안 물을 뺀다. 찜통의 물이 끓으면 물기 빠진 찹쌀을 넣고 뚜껑을 덮는다. 김이 새어 나오기 시작해 40분 지나면 불을 끄고 20분 뜸을 들인다. 찐 고두밥을 체반이나 쟁반에 넓게 펴서, 손등을 대 보았을 때 열기가 느껴지지 않을 정도로 식힌다. 밥알이 굳지 않도록 빠르게 식혀야 하니 부채질을 해서 바람을 쐬어 준다. 수곡을 거름망으로 걸러 찌꺼기를 제거한 뒤 발효 통에 고두밥과 함께 넣어 10분 동안 주물럭주물럭 혼합한다. 내용물이 70퍼센트 정도 차는 적당한 크기의 발효 통이어야 한다. 이 과정은 너무 쉬워서 불안할 정도다. 그런 뒤 25~30도 실온에 발효 통을 놔 둔다. 처음 이틀은 긴 주걱으로 매일 술덧을 저어 준다. 닷새가 지나 거름망으로 거른 뒤 마셔 보면 엄청 진하고 달 것이다. 기호에 맞게 물을 더 넣어서 내압耐壓 용기에 담는다. 탄산이 가득 찰 때까지 실온에서 추가 발효한 후 냉장고에 넣어 둔다. 한국 가양주 연구소의 양조법이다.

한국 전통주 연구소에서 배운다면 이만큼 간단하지 않다고 한다. 밥을 식힐 때 밥알이 굳을 수 있기 때문에 부채나 선풍기를 사용하면 안 되고 뜨거운 물에 적신 천을 고두밥 위에 올려 발산되는 수증기를 통해 밥 온도를 낮추는 방법을 쓴다고 들었다. 술덧을 주물럭대는 것도 허용하지 않는다. 밥알이 다치지 않도록 손바닥으로 눌러 치대야 한다. 술 빚는 품이 많이 든다. 하지만 두 곳을 다 다닌 사람들 얘기로, 웬만한 사람은 그 맛의 차이를 알기 어렵다고 한다. 나는 당연히 웬만한 사람이다.

이제부터 언제 꺼내 마실지 기다리며 두근거리는 시간이다. 막걸리의 경우 시간이 지날수록 청량감과 신맛이 단맛을 따라잡는다. 한 달이 지나면 판세가 역전되기 때문에 냉장 보관 두 주 후면 세 가지 맛이 어우러진다. 따라 마실 때에는 뚜껑을 조심스럽게 열어서 탄산을 서서히 빼 준다. 시속 120킬로미터로 치솟는 탄산 가스가 어디까지 올라가나 구경하거나 올라갔다가 내려오는 막걸리로 머리를 감고 싶다면 그냥 따면 된다.

장수막걸리처럼 뚜껑에 멤브레인이라는 부직포 마개

를 부착하면 그 숨구멍으로 탄산 가스가 나간다. 장수막걸리를 마실 때 뚜껑을 닫은 상태에서 페트병 몸통을 눌러 짜면 가스가 빠진다. 일반 내압 용기에는 멤브레인이 없을 수 있으니 뚜껑을 조금씩 돌려 가며 빼내야 한다. 그러면 지켜보는 친구들은 입맛을 다시면서 빨리 열라고 독촉할 것이다. 그렇게 침을 흘리게 한 뒤에 와인 잔에 담뿍 따라 주면 멜론 같기도 하고 참외 같기도 한 풍부한 과일 향과 청량감에 깜짝 놀라며 (쌀조차 씻을 줄 모르는) 나를 막걸리 장인처럼 쳐다볼 것이다. 보통 사람들은 탄산 가스가 발효 과정에서 자연스럽게 생기는 걸 모르기 때문에 대단한 양조 기술을 발휘한 것으로 착각하면서 언제 제품을 출시할 거냐는 질문을 잇는다. 제대로 배우려면 아직 멀었다고 답하면 겸손해 보이기까지 할 것이다.

시음 반응이 항상 좋은 것은 아니다. '와! 이런 술을 만들려고 그랬구나' 하면서 놀라워하는 표정을 잔뜩 기대하고 쳐다보는데 어떤 부부는 내가 만든 과하주를 한 모금 마신 뒤 내가 아닌 서로의 얼굴을 쳐다봤다. 술은 해석이 까다로운 예술 작품이 아니다. 반응이 즉각 나와야 하는데 두 사람은 어디까지 진실을 얘기해야 할지 몰라 난감한 표정으로 눈빛을 교환하고 있었다. 남편이 입을 열었다. "요즘 주위에 술 만든다는 사람이 너무 많아서 술 마셔 주느라 조금 힘드네." 술이 맛있었으면 고역이 아니라 도락이었을 것이다. 맛없다는 표현을 돌려서 한 건데 직설적으로 얘기하는 것보다 더 뭉툭하게 후벼 판다. 나 스스로를 특별한 술을 빚는 사람이라고 생각하고 싶은데 '맛없는 술을 만들 거면 혼자나 마시지' 하는 생각이 들 만한 술이나 강권하는, 귀찮을 정도로 많은 사람들 중 한 명이라는 것 아닌가.

상처는 입지만 사실 이런 솔직한 피드백은 귀하다. 보통은 진짜 피드백을 받기 힘들다. 정성스럽게 만들었다면서 빤히 쳐다보는 사람한테 맛없다고 잘라 말할 용기는 쉽지 않다. 물론 그 부부는 '화요25'를 박스째 사다 놓고 거의 매일 마시는 독주가여서 내가 만드는 술의 고객은 아니다 (이렇게 일러바치니 직성이 풀린다).

그런데 그 부부조차, 나의 찹쌀 스파클링 막걸리는 최소한 '먹을 만하네'라고 말할 것이라고 확신한다. 만들기 쉬운 편이지만 난점이 있다면 발효 기간 동안 영상 30도를 유지하는 것이다. 열대야가 있는 여름에 담그면 제일 좋고 다른 계절에는 담요나 이불로 발효 통을 온통 싸매야 한다. 발효 통 안 온도를 품온이라고 부르는데 품온은 의외로 높을 수 있어 생각보다 술이 잘 익는다. 초여름에 친구들을 초대하여 석 주 정도 여유를 두고 빚기 시작하면 딱 맞다. 물론 그 부부만 빼고.

# 찹쌀 스파클링 막걸리 레시피

찹쌀 2.5kg, 탕수 2L, 누룩 300g,
물(가수용) 적당량

1   누룩에 물을 부어 일곱 시간 정도 둔다.

2   찹쌀을 백세해 물에 세 시간 정도 담가 두었다가
    체에 밭쳐 한 시간 동안 탈수한다.

3   찜통 물이 끓으면 면포를 깐 찜기에 ②의 찹쌀을
    넣고 뚜껑을 덮는다. 김이 새어 나오기 시작하면
    40분 지나 불을 끄고 20분 뜸을 들인다.

4   ③의 고두밥을 체반이나 쟁반에 넓게 편 후
    부채질해 손등을 대 보았을 때 열기가 느껴지지
    않을 정도로 식힌다.

5   ①의 수곡을 거름망으로 걸러 찌꺼기를 제거한
    뒤 발효 통에 ③의 고두밥과 함께 넣고 10분 동안
    주물럭주물럭 섞어 술덧을 만들어 25~30도
    실온에 둔다.

6   처음 이틀은 ⑤의 술덧을 긴 주걱으로 매일 저어
    주고, 닷새 후 거름망으로 거른다.

7   ⑥의 술에 기호에 맞게 탕수나 생수를 섞어 내압
    용기에 담아 실온에 둔다. 탄산이 가득 차면 냉장
    보관한다.

# 의도치 않은 슈퍼 복분자주의 탄생

7

술을 어떻게 빚는지 알게 됐고 이제 모든 과정을 혼자 해 봐야 하는 문턱까지 왔을 때 나는 머뭇거렸다. 실내에서 수영은 배웠지만 정작 바다에는 못 들어가는 아이 같았다. 핑계는 많았다. 갖춰야 할 도구들도 적지 않았다. 바가지와 국자 같은 부엌 집기를 그대로 쓴다는 전제로 최소한의 도구들만 나열하면 사각 찜기, 발효조, 계량 비커, 저울, 채반, 체, 거름망, 주발, 면포, 고무줄, 종이 포일이 필요하다. 무엇보다 화력을 갖춰야 한다. 큰 찜기에 물을 끓이려면 가스불을 써야 하는데 우리 집에는 인덕션밖에 없었다. 과연 인덕션의 화력으로 고두밥을 찔 수 있을까.

오랜 시간 수많은 양조인들을 길러 낸 류인수 소장은 이런 심리를 꿰뚫어 보았다. 수업한 지 두 달쯤 지났을 때 그는 수강생들을 한 명씩 지명하며 언제 자기 술을 만들

거냐고 채근했다. 내 차례가 되자 얼떨결에 다음 달에 시작하겠다고 답하면서, 드디어 양조의 세계에 등 떠밀려 들어갔다. 인터넷으로 도구들을 주문하고 나의 첫 전통주로 복분자주를 찍었다. 복분자 열매 자체가 맛있기 때문에 어떻게 빚든 술이 맛없기 어려울 것이라는 심산이었다. 수업 시간에 빚은 복분자주도 맛이 좋았을 뿐 아니라 레드 와인보다 더 강렬한 꽃자줏빛까지 나왔다. 맛이 좋은데 빛깔까지 아름다운 술을 권하면 사람들의 반응은 엄청날 터였다.

실패 확률을 낮추기 위해 수곡보다 강력한 '씨앗술'을 쓰기로 했다. 씨앗술은 마중물 같은 것이다. 물을 콸콸 나오게 하기 위해 미리 한 바가지 넣어 주는 마중물처럼, 효모가 빠르게 증식하도록 초반부터 강력한 환경을 조성한다.

재료는 멥쌀 1.3킬로그램, 찹쌀 4킬로그램, 물 4.5리터, 누룩 600그램, 복분자 2.5킬로그램이다. 씨앗술은 누룩 비율이 높다. 멥쌀 300그램과 물 1리터, 누룩 600그램을 섞는다. 이양주 이상의 막걸리를 만들 때 누룩은 보통 전체 쌀 무게의 10퍼센트를 넣는데 씨앗술은 쌀보다 누룩이 두 배 많다. 하지만 나중에 밑술과 덧술을 할 때 누룩을 넣지 않기 때문에 결국 들어가는 누룩 양은 비슷하고 효모는 더 많이 증식된다.

수업에서 배운 대로, 모범생처럼 정확하게 진행한다. 멥쌀 300그램을 10분 이내로 백세해서 세 시간 동안 물에 담근다. 물기를 한 시간 동안 뺀 뒤 가루를 낸다. 집 근처에 방앗간이 없어서 쌀알을 믹서에 넣고 간다. 쌀알이 믹서 유리병에 튕기면서 나는 소리가 귀청을 쑤시지만 견뎌 내며 쌀가루를 낸 뒤 가는체로 거른다. 여기에 끓인 물 1리터를 천천히 부어 가며 젓는다. 이런 방법을 범벅이라고 부른다. 쌀가루를 물과 함께 끓이는 것은 죽이다. 범벅이 훨씬 용이하다. 하지만 죽으로 만들면 과일 향이 더욱 풍부해진다는 게 고수들의 전언이다. 20~25도 정도로 식힌 범벅과 누룩을 혼합해 통에 담아 둔다.

이틀 후 밑술을 할 차례다. 멥쌀 1킬로그램을 백세해서 물에 담가 놓는다. 쌀알에 수분이 스며들게 하기 위해서다. 가열하면 이 수분이 팽창하면서 쌀알 속이 흐물흐물해진다. 그러면 누룩에 있는 효소가 다당류인 전분을 단당류인 포도당으로 잘게 부수기 쉬워진다. 이 과정을 '호화糊化'라고 부른다. 보통 멥쌀은 23퍼센트, 찹쌀은 40퍼센트까지 물을 채운다. 쌀의 차이에 대해서는 22장에서 상세히 설명할 것이다.

세 시간이면 수분이 포화 상태에 이른다. 잡균에 오염될 여지가 있으니 물에 오래 담가 두는 것은 피해야 한다고 배웠다. 일부러 오래 침미해서 만드는 술도 있다. 감향주甘香酒, 단맛이 나고 향기가 있는 약재로 만든 술나 백화춘百花春, 꽃을 넣어 찹쌀로 빚은 술은 사흘 침미하고 청명주淸明酒, 청명날 또는 청명는 열흘 동안 침미하기도 한다. 다 신맛이 강한 술들이다. 침미를 길게 하면 할수록 쌀이 삭아 단맛은 약해지고 신맛은 강해진다. 오래 침미하더라도 하루 한 번 물은 갈아 주는 것이 좋다고 한다.

침미 후에는 한 시간 정도 체에 밭쳐 물을 빼 준다. 쌀알 속 물을 빼는 게 아니라 겉에 있는 물기와 함께 불순물도 빠지도록 하는 것이다. 그런 뒤 방앗간에 가서 빻아야 하는데 나는 이번에도 역시 믹서로 간다. 물 2.5리터를 끓여서 쌀가루에 천천히 부으며 젓는다. 범벅에 응어리진 게 없어질 때까지 으깨어 저어 주는데 생각보다 빡빡해서 힘이 든다. 25도 안팎으로 식을 때까지 기다렸다가 씨앗술과 혼합한다. 하루 한 번씩 술덧을 저어 준다. 하루하루 시간이 지날 때마다 술덧에서 기포가 뽀글뽀글 올라오고 쌀알이 점차 흐물흐물해지면서 액체가 고이기 시작한다. 언제 봐도 이 과정은 신기하다. 그냥 실온에 놔뒀을 뿐인데 사물의 형태가 어떻게 이렇게 빠른 속도로 고체에서 액체로 변모할 수 있지?

사흘 뒤 냉동실에서 복분자 2.5킬로그램을 꺼낸다. 반나절을 실온에 놔뒀는데도 녹지 않아 애를 먹지만 그러는 동안 찹쌀 4킬로그램을 씻고 물에 담그고 물을 빼는 작업을 한다. 여기까지는 순탄하다. 문제는 사각 찜기 하단

에 넣은 물 5리터가 인덕션에서 끓을 것인가다. 이렇게 많
은 물을 인덕션에서 끓여 본 적도 없고 그런 걸 본 적도 없
다. 강수영 부원장한테도 물어봤는데 '인덕션은, 글쎄' 하
는 반응이었다. 물을 올려 놓고 30분이 지나도 끓는 소리
가 나지 않는다. 안 되면 어떡하지? 가스불을 쓰는 근처 식
당에 찜통을 들고 가서 사정해야 하나. 뭐라고 말하지, 주
방에 들여보내 줄까, 돈은 얼마를 줘야 하지, 나중에 술 빚
으면 준다고 할까, 이런 잡념들이 꼬리를 무는데 갑자기 물
끓는 소리가 들린다. 가만 웅크리고 있다가 갑자기 뛰어오
르는 고양이처럼, 임계점을 넘기 전까지 잠잠하던 물이 소
나기 몰아치는 소리를 내며 끓어오른다. 물 끓는 소리가 이
렇게 상쾌한지 처음 느꼈다. 휴우! 안도한다.

　한번 끓어오른 물은 폭발적이다. 사각 찜통에 깔아 놓
은 면포 위에 물기를 뺀 찹쌀을 잽싸게 올린다. 찜통 네 귀
퉁이가 꽉 차도록 찹쌀을 구석구석 눌러 준다. 귀퉁이가
비면 수증기가 그 틈을 통과하면서 찹쌀이 고르게 익지 않
는다고 한다. 찜통을 번쩍 들어 찜기 위에 올려놓는다. 찜
기 바깥으로 김이 나오는 것을 보고 40분을 기다렸다가
불을 끈다. 20분간 뜸을 들인 뒤 식탁에 주발을 깔고 면포
를 놓아 고두밥을 식힌다. 씹어 보니 겉은 제법 딱딱하고
속은 부드러운 외강내유형 고두밥이 됐다. 태어나서 처음
으로 고두밥을 지은 것이다.

딱딱하게 굳지 않도록 재빨리 식혀야 해서 할 수 없이 아내를 부른다. 직장을 관두고 하루 종일 부엌을 들락날락하면서 딸그락거리는 남편의 행태에 못마땅한 표정이 역력하다. 그런 아내의 표정이 신경 쓰이지만 지금은 비상 상황. 한 사람은 주걱으로 밥을 뒤집고 한 사람은 부채를 부쳐 고두밥을 식힌다.

밑술을 거름망에 걸러서 누룩의 밀기울을 제거한다. 이제 모든 것을 합쳐야 할 때다. 식깡'식기'와 '깡통'의 합성어, 밥통 5호 스테인리스 발효조에 혼합한 덧술과 밑술, 복분자를 넣는다. 복분자가 차가워서 손으로 섞으려니 여간 시린 게 아니다. 진홍색 복분자 즙이 여기저기 튄다. 술을 다 빚고 났더니 마치 큰 수술을 마쳐 피 칠갑을 한 의사 가운을 입은 것 같다. 그래도 덧술까지 왔다. 양조인으로서 첫발을 내딛었다. 아내한테는 불길한 소식이겠지만 비로소 집에서 전통주를 제조할 수 있게 된 것이다.

모내기를 끝내고 수확을 기다리는 농부의 마음으로 술이 익기를 기다린다. 이제 할 수 있는 건 아무것도 없다. 불안감과 기대감이 뒤섞인 묘한 상태에서 매일매일 심판의 날에 다가선다. 자주 열어 봐서도 안 된다. 지금은 효모가 알코올을 생산하는 혐기성산소가 없는 조건에서 생육하는 성질 기간이어서 산소와의 접촉은 금물이다. 그래도 '한 번쯤이야’ 하면서 살짝 열어 보자 웬걸, 술빛이 이상하다. 꽃자줏빛이 아니라 고동색에 가깝다. 조금만 더 기다려 보자. 한 달 정도면 술을 거를 수 있지만 색깔이 돌아오길 기다리며 일주일을 더 보낸다. 하지만 색은 여전히 어둡다. 내 마음도 어둡다.

덧술을 한 지 37일째. 술을 거르기 직전, 위에 뜬 맑은 술을 국자로 떠서 마셔 보니 새콤달콤해야 할 술에서 장맛이 난다. 수업에서 배운 대로 했는데 이럴 수가. 강 부원장한테 고민을 털어놓으니 혹시 슈퍼 복분자를 넣은 거 아니냐고 물어본다. 전북 고창에서 재배한 복분자여서 무턱대고 주문했는데 토종 복분자가 아니라 블랙베리라고 불리는 슈퍼 복분자였던 것이다. 그제서야 상세 설명을 읽어 보니 “슈퍼 복분자는 토종 복분자보다 열매가 크고 잔털이 없는 게 특징이며 토종에 비해 단맛보다 상큼함과 신맛이 강하나 과즙이 더욱 풍부하고 영양소 함량이 높다”라고 나와 있다. ‘어쩐지 알이 굵더라니!’ 물론 슈퍼 복분자로 술을 담그기도 하는데 그 술은 설탕을 넣고 담금 소주를 붓는 과실주를 의미했다. 뭐든지 대충하는 내 버릇, 못 고친다. 원료를 잘못 고르면 이후 모든 공정이 헛되다. 강 부원장은 복분자주 수업을 할 때마다 내 사례를 언급한다고 한다. 두고두고 놀림감이 되고 있지만 그래서 제2, 제3의 피해자가 안 나온다면 그걸 보람으로 여길 수밖에.

맑은 술만 걸러 약주로 마시려다 포기하고 휘휘 저어 전내기로 병입한다. 전내기란 물을 전혀 타지 않은 원주原酒를 말한다. 시중에서 파는 막걸리는 대개 전내기에 물을 더해 도수를 낮춘 술이다. 휘휘 저으니 술빛이 고동색에서 코코아색으로 바뀐다. 시각이 후각에도 영향을 주는 듯 술에서 초콜릿 향이 나는 것 같다. 단맛이 강하지 않고 누룩취도 없으니, 내 술이 뜻하지 않은 방향으로 온 것이다. 모임 때마다 이 술을 풀어놓았더니 다들 맛있게 마신다. 가수를 안 해서 도수가 15도쯤 될 테니 아마 다들 취해서 입이 풀린 탓일 것이다. 어쨌든 슈퍼 복분자 막걸리의 탄생이다. 또 다른 반전이다.

감히 비할 바는 아니지만 술의 역사에는 이렇게 우연과 실수로 탄생한 술들이 적지 않다. 스코틀랜드 위스키에서 피트 향이 나는 것도 우연에서 비롯했다. 스코틀랜드를 합병한 대영제국이 무거운 세금을 부과하자 산지나 오지로 도피한 양조업자들이 그 지역 토탄peat, 땅에 묻힌 지 오래되지 않아 완전히 탄화하지 못한 석탄을 때워 맥아를 건조한 데서 유래한 것이다. 술은 새로운 시도에 관대하다.

# 예로부터 노화를 막는 술이 있었다

복분자주의 빛이 고동색을 띠면서 망작妄作으로 향해
갈 때 새로운 술을 서둘렀다. 실패를 만회해야 한다. 쉽게
빚을 수 있고, 오래 걸리지 않으며 맛도 좋은 술이 어디 없
을까? 얄팍한 생각이지만 손재주가 없어 처음부터 자신감
바닥인 나로서는 할 수 있다는 믿음을 찾는 게 우선이었
다. 본격적으로 과하주에 올인하기 전 한 가지 술을 더 빚
어 보기로 했다. 백수환동주였다. 사연을 들어 보면 안 빚
을 이유가 없다고 느낄 테다.

백수환동주白首還童酒. 한자를 풀이하면 흰머리 노인이
아이로 돌아간다는 술이다. 아이로 돌아가니 당연 백발은
흑발이 될 것이다. 안 그래도 흰머리 뽑는 걸 포기한 터였
다. 고문헌에 기록된 이 술의 효능은 단순히 흰머리를 없애
는 것을 넘어선다. 1834년경에 오류헌이 지은 〈리생원책보
주방문〉에는 이렇게 적혀 있다. "이 술의 다른 이름은 '상천

삼원춘(上天三元春)’이라고 하니 하늘 나라의 세 가지 으뜸가는 봄이라 한다. 술맛이 입에 머금은 후는 삼키기도 아깝고 사람에게 몹시 보익하여 온갖 병을 물리치고, 골수를 꽉 차게 하니 허약한 사람에게 좋으며 기운이 쇠한 이에겐 얻기 어려운 큰 약이다. 한 말에 한 기의 수를 더한다 하였으니, 한 기는 열두 해다. 하늘 나라에서도 비밀 방문이니 너무 헛되게 전하여 세상의 더러운 사람으로 하여금 배우게 하지 말라.”

한 말이면 5.726리터 정도여서 많이 마시긴 해야 할 것 같은데 한 말에 한 기, 즉 생명을 12년 연장한다고 하니 약소한 대가다. 그런데 저 효능이 맞다면 한국은 이미 검은 머리 노인들이 득실대는 희한한 초고령화 사회여야 마땅하고 지금도 누구나 권커니 잣거니 백수환동주를 마셔야 할 텐데 그 이름조차 알려지지 않았다. 한영석 발효 연구소에서 만드는 백수환동주 정도가 시중에 나와 있을 뿐이다. 그것도 2024년 대한민국 우리 술 대축제에서 대상을 수상하면서 수시로 품절돼 구하기 어렵다. “하늘 나라에서도 비밀 방문”이라고 했고 “세상의 더러운 사람”들에게 가르치지 말라고 했으니 다들 비밀리에 만들어 마시나 싶다.

백수환동주 뺨치는 효능을 자랑하는 술이 또 있다. 창포주 또는 석창포주다. 창포주는 창포 뿌리 즙으로 담근 술이다. 단옷날 머리를 감았다고 하던 그 창포다. 마치 샴푸로 술을 빚는 것 같아 께름칙하지만 1610년 허준이 지은 〈동의보감東醫寶鑑〉에서는 창포주를 이렇게 묘사한다. "창포 뿌리를 찧어 즙 5말을 얻는다. 찹쌀밥, 고운 누룩과 섞어 평상시처럼 술을 빚는다. 신명(神明)을 통하게 하고 장수한다." 신명을 통하게 한다는 것은 혼수상태인 사람이 의식을 되찾거나 건강한 사람의 의식이 맑아져서 하늘의 이치를 깨닫게 한다는 건데, 장수 효과까지 있다. 1830년에 최한기가 펴낸 〈농정회요農政會要〉에는 창포주를 마시면 "백발이 검어지고 빠진 이가 다시 난다"라고 적혀 있다. 임플란트가 필요 없다. 1800년대 초반에 쓰인 조리서인 주찬酒饌에서는 한두 가지도 아니고 "서른여섯 가지 병이 없어지고 풍증도 치료된다."라고 창포주의 효능을 기술했다. 이 술을 빚지 않는 게 이상할 지경이다.

김재형의 '한국술 고문헌 DB'(www.koreansool.kr)를 검색해 보면 수명 300년에 도전하는 약주도 있다. 1670년대 나온 〈음식디미방〉에서는 오가피주를 소개하면서 "옛날 윤공도와 맹작재라는 사람이 이 술을 오래 먹으니 나이가 삼백이 되도록 살고, 아들을 서른씩 낳았다 한다"라고 씌었다. 자양강장제로도 특효가 있다는 주장이다. 그런 데 1809년에 나온 빙허각 이씨의 〈규합총서閨閣叢書〉에서 는 윤공도는 변함없이 언급되지만 맹작재가 맹작소로 살 짝 바뀐다. "풍병과 반신불수를 고칠 뿐만 아니라 옛날 윤 공도와 맹작소란 사람이 이 술을 먹으니 삼백 살까지 살고 아들을 서른 명씩 낳았다." 1860년대에 나온 〈역주방문歷 酒方文〉에서는 "옛날에 윤공도와 맹작사(孟綽嗣) 두 사람 이 늘 이 술을 복용하여 백세를 살았다고 한다"라고 장수 의 목표를 현실적으로 조정한다. 윤공도는 역시 그대로인 데 맹작재가 맹작소에 이어 맹작사로 바뀌며 이름 한자를 밝힌다. 〈리생원책보주방문〉에 이어 〈양주방釀酒方〉에서도 '맹작재'로 표기했으니 다수에 따르면 맹작재다. 필사본이 아니라 구전되는 과정에서 살짝 바뀌었던 것 같다. 각자 연 구한 결과라기보다는 조상님이 한 얘기를 그대로 받아써 내려온 것으로 보인다.

우리 조상만 술로 불로장생의 신약을 개발하려 시도한 것은 아니었다. 프랑스 노르망디 지방의 페캉Fécamp 수도원 에서 탄생한 '베네딕틴Bénédictine'이라는 리큐어liqueur, 알코올에 과일, 허브 등 식물성 향료와 설탕, 꿀 등 감미료를 섞어 만든 술는 1510년 베 네딕트회 수도사 돔 베르나르도 빈첼리Dom Bernardo Vincelli가 스물일곱 가지 허브와 향신료를 사용하여 엘릭서elixer, 혹은 엘릭시르elixir라 불리는 약용 음료를 만든 데서 유래했다. 엘릭서는 불로장생 만병통치 영약을 뜻한다. 프랑스 혁명 시기에 수도원의 재산이 몰수되고 수도사들이 추방되면서 명맥이 끊겼다가 1863년 와인 상인이자 예술 애호가였던 알렉상드르 르 그랑Alexandre Le Grand이 오래된 수도원 문서고에서 레시피를 발견해 베네딕틴을 재창조했다. 라벨을 보면 베네딕틴 D.O.M이라고 적혀있는데 D.O.M은 라틴어 Deo Optimo Maximo의 줄임말로 '가장 위대하고 가장 선한 신께'라는 뜻이다. 신께 바치는 술을 내가 먹어도 돼? 얼마나 맛있고 몸에 좋을까? 생각하게 만드는 훌륭한 마케팅 전략이다.

이에 필적할 만한 한국 전통주는 서유구가 1827년에 펴낸 생활과학서, 〈임원경제지林園經濟志〉에 등장하는 연령취보주延齡聚寶酒다. "〈준생팔전(遵生八箋)〉에서 이르기를 연령취보주는 몸과 목숨을 연결해 생명을 자양하는 아주 귀한 보물이라고 했다."

무려 스물여섯 가지 약재가 들어간다. 각 재료를 다듬는 방법도 따라하기 불가능할 정도로 세밀하다.

**엘릭서**

고대 연금술사들이 비금속을 금으로 바꾸거나 불로불사를 실현하기 위해 만들고자 했던 신비로운 액체. 중세 수도원에서는 약초를 술에 침출하여 치료 목적으로 사용했고, 허브 리큐어의 기원이 되었다.

**준생팔전**

중국 명나라 고염이 펴낸 책. 도가와 석가모니를 따른 심신 수양법, 섭생법, 음식물, 약재, 처방 따위가 광범위하게 기술되어 있다. 1591년 간행되었다.

"하수오(何首烏)는 껍질을 제거하여 붉은 것과 흰 것을 겸용. 생지황(生地黃)과 괴각자(槐角子, 회화나무)는 누렇게 볶은 것. 건국화, 복령, 숙지, 연꽃 꽃술, 오디[桑椹], 맥문동, 천문동은 심을 제거한 것. 석창포, 오가피, 창출은 쌀뜨물에 하룻밤 담근 것. 꼭지를 딴 구기, 황정, 세신, 백출(白朮), 방풍, 인삼은 모두 뇌두를 제거한 것. 도꼬마리, 육종용은 황주(黃酒)에 담가 껍질의 비늘을 제거한 것. 사완백질려(沙苑白蒺藜), 즉 남가새는 볶아 가시를 제거한 것. 천마, 감초는 구워서 껍질을 제거한 것. 쇠무릎[牛膝]은 수염을 제거한 것. 두충은 생강즙에 하룻밤 담갔다가 볶아 실을 제거한 것. 위 재료를 각각 2냥 준비한다. 당귀는 1냥 준비한다."



연령취보주는 한약방의 촘촘한 약장 서랍에서 약재들을 하나씩 꺼내 조합해야 만들 수 있는 술, 일반 가정에서 도저히 빚을 수 없는 술이다. 그래도 스물여섯 가지는 양반이다. 대표적인 프랑스 리큐어인 샤르트뢰즈Chartreuse에는, 1605년 수도사들이 발견한 연금술사의 불로장생 레시피에 따라 무려 백서른여 가지 재료가 들어간다. 스위스에서 시작된 압생트absinth도 18세기 프랑스인 의사 피에르 오르디네

르Pierre Ordinaire가 다양한 약초로 만병통치약을 만들다가 탄생했다. 압생트에 들어간 향 쑥이 도리어 정신착란과 환각을 불러일으킨다는 논란이 일기도 했지만 말이다. 이탈리아의 리큐어 아마로amaro도 로마 시대부터 약용으로 개발됐는데 이런 술을 통칭해서 메디시널 와인medicinal wine이라고 부른다. 우리말로는 약용주다. 약국을 의미하는 미국 드러그 스토어에서 술을 파는 것도, 예전에는 약사가 술을 제조했기 때문이다. 일본에서는 약용주가 따로 분류되어 지금도 약국에서만 살 수 있다.

**메디시널 와인**

포도주에 약초, 향신료, 뿌리 등을 담가 약효를 기대하며 마시던 유럽 전통 약용주. 고대 그리스 로마 의학서에서 기원을 찾을 수 있으며 중세 수도원에서 불로장생과 강장, 소화 촉진용으로 개발한 엘릭서가 근간이 되었다. 이 전통은 향을 낸 와인(aromatized wine)으로 이어졌다가 오늘날의 베르무트(vermouth)나 비터스(bitters) 같은 술의 뿌리가 되었다.

창포는 유럽에서도 약용주 원료로 쓰였다. 에이미 스튜어트의 〈술 취한 식물학자〉에 따르면 창포는 원래 유럽과 북미 전역 늪지에서 자라는 식물로, 향이 강하고 골풀을 닮았다. 뿌리줄기에서 복합적이고 알싸한 쓴맛이 나기 때문에 '캄파리Campari'와 같은 아마로, '샤르트뢰즈'와 같은 허브 리큐어뿐만 아니라 진과 베르무트에도 사용된다고 한다.

약으로 취급하니 복용법도 있다. 〈리생원책보주방문〉에서는 백수환동주를 진짜 약처럼 하루 세 번씩 음용하라고 권장한다. 문제는 양이다. 한 끼에 다섯 홉이다. 한 홉이

57밀리리터 정도니까 다섯 홉이면 소주잔으로 다섯 잔 분량이다. 하루로 치면 855밀리리터이고 360밀리리터인 소주병으로 두 병 두 잔을 매일 비워야 한다. 약주 제조법으로 빚으면 알코올 도수가 15도가량 나오니까 15도짜리 소주를 매일 두 병 이상, 백발이 검어지고 이가 날 때까지 마셔야 한다. 간질환 같은 다른 병으로 사망하기 때문에 그 효능을 증명하기 어렵지 않았나 싶다.

그래도 〈임원경제지〉의 연령취보주 복용법보다는 낫다. "술을 마실 때는 새벽 3~5시에 세 종지씩 공복에 마시고 잠깐 누워 있는다. 점심에 다시 세 종지를 마신다. 날 것과 찬 것, 생파, 부추, 비린 것, 무를 먹어서는 안 된다. 밤에 또 두세 번 복용한다. 성실하게 복용한 사람은 저절로 효험을 본다." 기본적으로 1일 3회 복용에다 저녁에는 두세 번, 그러니 하루 최대 5회 세 종지씩 마셔야 한다. 그것도 새벽 3시부터.

수세기에 걸쳐 내려온 제조법이라면 효능의 근거가 없지 않을 것이라고 가정해 본다. 창포주의 경우 우리가 잘 아는 고려말 충신 정몽주의 〈포은집圃隱集〉에도 나오니 역사가 600년이 넘었다.

서울서 애오라지 노년을 보내며
계절도 그늘이 생기는 오월인지라

'창포주(菖蒲酒)'나 들고 가서
그대와 한번 취하여 읊고 싶네
京華聊送老
節序又生陰
欲把菖蒲酒
從君一醉吟

– 김재형, '한국술 고문헌 DB'

"이 몸이 죽고 죽어 일백 번 고쳐 죽어…… 임 향한 일편 단심이야 가실 줄이 있으랴"라고 노래한 충절의 아이콘 정몽주가 이런 서정적인 시를 지었다니 역사 속 인물이 인간적으로 다가온다. 저 시를 짓고 얼마 안 있어 1392년 선죽교에서 피살되었으니 비극이다. 창포주가 이렇게 오래전부터 빚었던 술이라면 그 자체로 계승할 역사적 가치가 있지 않을까. 프랑스의 베네딕틴이나 샤르트뢰즈는 지금까지 이어져 내려오고 있지 않은가. 효능에 대한 의심은 누르고 온라인으로 주문한 석창포를 받아 베란다에 말려 본다.

# 흰머리 노인이 아이로 돌아간다는 술

⑨

본격적으로 과하주를 빚기 전 만들어 볼 술로 백수환동주를 꼽은 또 다른 이유는 단양주라서다. 재료는 찹쌀과 녹두로 빚은 백수환동주 전용 누룩인 백수환동곡과 찹쌀, 물이 전부인 데다 한 달이면 채주, 즉 술을 거를 수 있다. 제조법에서 특이한 점은 찹쌀로 고두밥을 지은 뒤 식힐 때 탕수를 부어 준다는 것이다. 찹쌀이나 멥쌀을 호화하는 방법으로 죽, 범벅, 고두밥, 구멍떡, 백설기, 인절미 등을 열거했는데 이는 또 다른 방법이다. 식힌 탕수를 고두밥에 부어 주면 밥도 범벅도 아닌 그 중간 정도의 젤리 같은 술덧이 된다.

재료는 찹쌀 5킬로그램, 식힌 탕수 20리터, 백수환동곡 500그램. 술맛을 좌우하는 요소 중 하나는 물과 쌀의 비율이다. 보통은 쌀과 물을 1 대 1로 술을 빚는다. 이 이치를 깨우치는 데 시간이 오래 걸렸던 것 같다. 류인수 소장

은 좌절감을 느끼던 중 고문헌에서 "쌀 된 대로 물도 되어
라"라는 구절을 발견하고 쌀 1킬로그램에 물 1리터 비율
을 맞추면서부터 마침내 원하던 술을 얻을 수 있었다고 한
다. 이후 이 비율이 기준점이 됐다. 단맛을 더 내고 싶을 때
에는 쌀 비율을 높이고 신맛이나 다른 맛을 높이고 싶으면
물 비율을 높인다. 청명주처럼 1 대 10으로 물 비율을 극단
적으로 높인 술도 있다.

백수환동주에 물이 얼마나 들어가는지는 계산하기 쉽
지 않다. 찹쌀 5킬로그램을 쪄서 시루째 싱크대에 놓은 고
두밥에 골고루 물을 부어서 흘러 내려가도록 둔다. 이때 물
양은 20리터인데 이 중 얼마가 고두밥에 잔류할지는 가늠
하기 어렵다. 고두밥이 질퍽해지고 온기가 가시면 백수환
동곡 500그램을 넣어 혼합한다. 물기가 적어서 섞기 뻑뻑
하다. 누룩가루와 밥을 잘 치대 줘야 한다. 찰기가 생긴 술
덧을 발효조에 넣고 꾹꾹 눌러서 평평하게 다져 준다. 이것
으로 끝.

백수환동주를 보기 어려운 이유는 녹두 가격이 비싸
고, 단순한 제조법에 비해 만드는 과정이 까다롭기 때문일
것이다. 백수환동곡이라는 특별한 누룩을 띄우는 과정을
수업에서 배웠는데 최대한 단순하게 설명하면 이렇다.

재료는 껍질을 벗긴 녹두 5되4,250g, 찹쌀 2.5되2,125g. 껍질을 벗긴 녹두 5되를 깨끗하게 씻어 물에 두 시간 동안 불린다. 다시 두 시간 동안 물기를 빼고 찜기에 올려 증기가 나오는 시점부터 20분 정도 쪄서 반만 익힌다. 차게 식혀서 곱게 빻는다. 찹쌀 2.5되를 씻어서 세 시간 동안 침미한 뒤 한 시간 탈수하고 곱게 빻는다. 녹두가루와 쌀가루를 혼합한 뒤 중간 체로 내린다. 가루를 두 손으로 쥐고 오리알 크기로 뭉친다. 이 과정이 제일 어렵다. 습기가 별로 없어서 잘 뭉치지가 않는다. 내 솜씨로는 손에서 흩어져 버리거나 너무 커져 버린다. 건조한 눈가루를 뭉치는 것 같다. 단단하고 작게 만드는 게 중요하다. 항아리 밑에 솔잎을 깔고 누룩을 올린다. 나는 수업 시간에 배운 대로 바닥에 구멍을 스무 개 뚫은 스티로폼 박스와 나무젓가락으로 대신한다. 온도를 끌어올리기 위해 수건을 덮고 가운데에 500원짜리 동전만 한 구멍을 뚫은 스티로폼 박스 뚜껑을 얹는다. '오리알'들을 매일 뒤집어서 습해지지 않도록 한다. 일주일 뒤 뚜껑을 열어 수분을 날려 주고 두 주 후에는 베란다에 내놔서 바람을 쐰다. 이때도 습기가 배지 않도록 오리알을 매일 뒤집어 줘야 한다. 그렇게 석 주를 보내면 완성이다.

이것이 수업 시간에 배운 777 법칙이다. 처음 일주일은 수분을 유지해서 미생물을 불러 모은다. 자연에 존재하는 누룩곰팡이와 효모, 젖산균당류를 분해하여 젖산을 만드는 균의 일종,

<sub>유산균</sub>이 달라붙는다. 결국 누룩이란 자신의 환경에 서식하는 미생물들을 고체 형태로 응축하는 것이다. 그다음 일주일은 수분을 발산해 미생물이 안쪽까지 고르게 파고들도록 하고 나머지 일주일은 수분을 증발시켜 부패를 막고 오랫동안 저장할 수 있게 한다.

누룩을 사용하기 전에는 과일칼로 표면을 깎아 내야 한다. 사과보다는 감자를 깎는 느낌인데 표면이 딱딱해서 서걱서걱 기분 좋은 소리가 난다. 그런 뒤 돌절구로 먼저 한 번 내려쳐 반으로 갈라 보아야 한다. 안에 습이 뱄거나 나쁜 냄새가 날 때가 있기 때문이다. 아깝지만 다 버려야 한다. 우리가 원하는 곰팡이가 아니다. 안이 잘 마른 누룩만 골라서 빻아 쓴다. 수업에 제출해야 했을 땐 50명 가까운 수강생들 중 대략 70퍼센트 정도만 합격이었다. 내 것도 합격.

술을 담근 뒤에는 찬 곳에서 21일 동안 발효하라고 돼 있는데 나는 31일 뒤인 8월 1일에 걸렀다. 술맛을 들이기 위해 종종 발효 기간을 두 달까지 가져가는 경우도 있다고 들었다. 개 뒷발 같은 내 손으로 빚었다고는 믿기지 않는 술이 나왔다. 위에 뜬 맑은 술을 한 모금 입에 머금으니 진짜 삼키기가 아깝다. 살짝 연둣빛이 돌지만 투명하다. 입안에 풋사과의 싱그러움이 출렁인다. 처음에 신맛이 마중 나오고 마지막엔 단맛이 배웅한다. 보디감은 약한 편이어서 목구멍으로 가볍게 넘어간다. 괜찮은 화이트 와인을 마시는 것 같다.

이제 숙성 단계에 들어간다. 병입해서 0도에서 5도 사이에 보관해야 하니 냉장고에 넣으면 된다. 한 번 걸렀지만 여전히 병 아래에 지게미가 쌓인다. 한 달쯤 더 지나 이 지게미마저 덜어 내고 맑은 술만 숙성했더니 맛은 더 좋아진다. 이제 객관적 평가를 받을 차례다. 물론 다시는 안 볼 사이가 아니니 예의상 맛있다고 하는 건 아닌지, 독심술을 써서 유심히 살펴봐야 한다.

프렌치 레스토랑에서 저녁 약속이 있어 간 김에 오너 셰프에게 한 잔 권했더니 마셔 보고는 깜짝 놀란 표정이다. 내 독심술로 보기에 연기 같아 보이지는 않다. "이거 납품할까요?"라고 한술 떠 본다. 반색을 하며 그렇게 하자고 한다. 그때까지도 나는 그 말이 진심일 거라고 생각하지 않았다. 그런데 좀 시간이 지난 뒤 그때 같이 갔던 지인이 다시 들렀더니 오너 셰프가 납품은 언제 할 것인지 물었다고 전해 왔다.

의외의 결과에 고무된 나는 다시 백수환동주를 만들었다. 하지만 우연히 향미가 좋은 술을 만드는 것과 그 술을 계속 재현하는 것은 차원이 다른 문제라는 것을 깨닫고야 만다. 같은 누룩과 같은 찹쌀 품종, 같은 물을 쓴다고 해도 온도와 습도 변화에 따라 다른 술이 나온다. 집에서 술을 빚는 나는 온도는 맞출 수 있지만 습도는 통제할 수 없었다. 맛은 거의 비슷하다. 하지만 뒷맛이 부드럽지 않고 살짝 흩어지는 느낌이다. 단맛과 신맛 모두 전보다 못해서 약간 싱겁다. 즉 감칠맛이 없는 것이다. 납품까지 하려면 상업용 양조로 전환해 품질이 균등한 술을 대량 제조해야 하는데 이것은 차원이 다른 이야기다. 게다가 복용법을 따르지 않은 탓인지 백수환동주를 마셔도 흰머리는 늘어만 간다. 그래도 이 백수환동주는 나중에 코리안 민트로 가는 중요한 징검다리가 된다. 술 빚기가 도전해 볼 만한 작업으로 다가왔다.

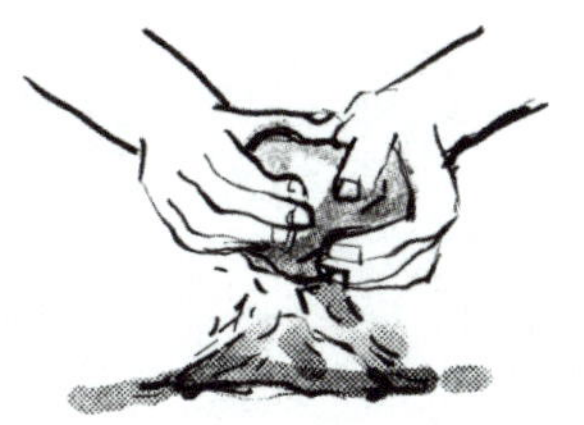

오리알 크기로 뭉쳐 건조한다.

과일칼로 표면을 깎는다.

돌절구에 넣고 반으로 쪼개 본다.

# 시간이 흘러야 좋은 게 있다

10

복분자주와 백수환동주로 발동이 걸리자, 드디어 나의 주종으로 일찌감치 정해 놓은 과하주에 착수했다. 첫 시도는 송화 과하주였다. 송화를 선택한 것은 구하기 쉬워서였다. 4~5월이면 송홧가루가 휘날려 차량 덮개에 쌓이고, 강이나 호수에 누런 띠를 이루며 떠다녀서 호흡기 질환과 피부 발진, 눈 충혈 같은 알레르기 반응을 일으키기도 한다. 이렇게 송홧가루가 날리기 전에 꽃을 따서 술을 만든다면 환경 보호와 재활용으로 일거양득 아닌가. 아니, 송홧가루에는 비타민C, 비타민E, 폴리페놀 같은 항산화 물질과 면역 강화 성분도 있다고 하니 일석삼조다.

서양에서 가장 널리 쓰이는 부재료가 홉hop, 뽕나뭇과의 덩굴 풀로 솔방울처럼 생긴 열매는 약재나 맥주의 원료이라면 한국에서는 단연 소나무다. 소나무한테 좀 너무한다 싶을 정도다. 뿌리

(송근주)부터 마디(송절주), 잎(송엽주), 새순(송순주), 꽃(송화주),
방울(송령주)까지 다 뜯고 자르고 베고 파서 술에 넣는다. 압
권은 와송주다. 누워 있는(하지만 살아 있는) 소나무 몸통을 말
구유 모양으로 파고 그 안에 술을 빚는다. 황토 진흙을 바
르고 풀과 짚, 소나무 가지로 덮어 빗물이 들이치거나 스며
들지 않게 한다. 그런 뒤 1년을 기다렸다가 꺼내 거른다. 조
선 후기 의관 유중림이 1766년에 펴낸 〈증보산림경제增補
山林經濟〉에서 소개한 제조법이다. 소나무는 국립 산림 과
학원에서 가끔 조사하는 나무 인식 조사에서 은행나무를
큰 차이로 따돌리고 한국인이 가장 좋아하는 나무로 굳건
히 자리를 지키고 있다. 국민 나무를 이렇게 학대하다 못
해 '몬도가네'기이한 행위, 혐오성 식품을 먹는 것 같은 비정상적인 식생활을
가리키는 단어 같은 만행으로 술을 빚다니……. 하지만 지금도
와송주가 있다면 한 잔 맛보고 싶은 충동을 억누르기 어려
울 것 같다.


　　우리나라 사람들이 소나무를 좋아하는 이유에 대해서
는 책까지 나와 있다. 배재수 국립 산림 과학원 원장은 〈한
국인과 소나무〉에서 조선 시대에 유교 문화에 따라 집중
육성한 결과 소나무가 오늘날 널리 퍼졌고 사람들로부터
사랑받게 됐다고 썼다. 소나무는 모든 나무 가운데 으뜸이
라 하여 '백목지장百木之長', 선비의 지조를 의미하는 '세한송

백歲寒松柏', 심지어 '천자天子의 나무'라고 불리기도 했다. 애국가 2절에도 나오니, 그런 소나무로 빚은 송화 과하주는 세계화될 한국 술로 부족함이 없다. 해외에는 이렇다 할 소나무 술이 없기도 하니, 그야말로 대의명분을 갖추었다 할 수 있다.

소나무 술에는 명분 외에도 독특한 매력이 있다. 소나무에는 식물성 오일인 테르펜 계통 화합물이 유독 많다. 숲에서 불이 나면 삽시간에 번지는 것도 이 오일 때문으로, 소나무 술에서 나는 향의 주성분이기도 하다. 그중 가장 높은 비중을 차지하는 알파–피넨은 대표적인 피톤치드 성분으로 시원하고 상쾌하게 번지는 향을 선사한다. 페퍼민트에서 나는 멘톨 향을 닮았지만 좀 더 맵고 알싸하다. 향이 비슷한 이유는 둘 모두 테르펜 계열 화합물이기 때문이다.

**테르펜**
식물의 잎, 줄기, 꽃 등에서 생성되는 휘발성 유기 화합물의 일종. 식물이 해충으로부터 자신을 방어하거나 수정력을 높이기 위해 방출하는 물질로, 특유의 향과 약리 작용이 있다.

4월 중순, 이젠 송화를 따러 갈 명분과 실리 모두 두둑하다. 송화는 손가락으로 튀겼을 때 꽃가루가 공중에 흩어질 무렵 따는 게 좋다고 들었다. 치명적인 소나무 감염병인 재선충 방제가 시행될 수 있으니 4월 말 이전이어야 한다는 말을 듣고, 혹시 머리 위에서 약제가 살포되지는 않는지 하늘을 쳐다본다. 다행히 드론은 안 보인다. 나중에 확인해 보니 2023년부터 무차별 드론 살포는 하지 않는다고 한다. 다만 주요 보전 지역과 긴급 발생 지역에서는 정밀 드론을 운용한다고 하니 그 지역에 가실 분들은 하늘을 잘 쳐다봐야 한다.

집에서 가까운 우면산으로 향한다. 평소 달리기를 하면서 소나무숲을 눈여겨본 터다. 정작 송화를 따려니 쉽지 않다. 대부분 손이 닿지 않는 데다, 닿는가 하면 비탈에 몇 번씩 미끄러진다. 할 수 없이 근처 아는 이의 농장으로 간다. 농장 안에서 지인의 부인 목소리가 들린다. 양해는 미리 얻었지만 그의 부인은 어떻게 생각할지 몰라서 들어가지는 않고 농장 바깥 울타리에 자란 소나무에서 조심조심 송화를 딴다. 손에 송진이 달라붙고 솔잎에 찔리기도 해서 생각보다 진도가 안 나가는데 갑자기 대문이 열리면서 부인이 지인과 함께 뛰쳐나온다. 송화를 따서 비닐봉지에 담고 있는 어쭙잖은 모습을 들켰다. 무단 절도 현장을 목격한 부인은 관대하게 웃으면서 "밖에서 부스럭 소리가 나기에 나와 봤다"라고 한다. 겸연쩍어서 "조금만 따서 갈게요"라고 했더니 안으로 들어와서 따 가라고 한다. 그러면서 남편에게 "여기서 이럴 분이 아닌데"라고 나를 치켜세우니 더 초라해진 기분이다.

그렇게 구질구질하게 따 온 송화를 햇볕이 드는 베란

다에 펼쳐 놓고 한 달 반 정도 말린 뒤 6월 1일, 양조를 시작한다.

재료는 찹쌀 4킬로그램, 식힌 탕수 2리터, 밀누룩 400그램, 송화 20그램, 42도 증류주 4리터. 작업 시간표는 다음과 같다.

오전 8시, 물 2리터를 끓여 식힌 후 직접 만든 밀누룩 400그램을 넣어 수곡을 만든다. 오후 2시, 찹쌀 4킬로그램을 씻어서 물에 담가 둔다. 오후 6시, 쌀을 체에 밭쳐 물기를 빼고 3분의 2 정도 물을 채운 찜기를 인덕션에 올린 뒤 가열한다. 오후 7시 20분, 찜기에 찹쌀을 넣고 찌기 시작한다. 오후 8시 20분, 전원을 끄고 뜸을 들인다. 오후 8시 40분, 주발 위에 고두밥을 담은 면포를 펼쳐 식힌다. 부채 대신 헤어드라이어로 차가운 바람을 불어넣는다(이제 아내는 외면한다. 나도 염치가 없어 부탁하지 않는다). 오후 9시, 만들어 놓은 수곡을 체로 걸러 밀기울을 제거한다. 오후 9시 10분, 찐 고두밥과 수곡, 송화 20그램을 섞어서 식깡 5호 스테인리스 발효조에 투입한다. 발효조에 종이 포일을 덮고 뚜껑을 닫는다.

수곡은 최소 일곱 시간 물에 담가 놓으라고 〈한국 전통주 교과서〉에 나와 있는데 열한 시간 동안 담갔다. 찹쌀은 최소 세 시간 침미하라고 나와 있지만 네 시간 침미했고 탈수는 한 시간 정도 하라고 한 것과 비슷하게 한 시간 20분 했다. 발효조에 종이 포일을 굳이 덮어야 하는지에 대해서는 이견이 있지만 처음 며칠은 효모 증식을 위한 산소가 어느 정도 필요하므로 뚜껑을 꽉 닫는 것보다 종이 포일로 틈을 약간 벌려 놓는 게 좋을 것 같았다. 이것도 배운 대로다. 송화를 언제 넣을지가 고민이었다. 고두밥을 찔 때 넣을 수도 있는데 그러면 왠지 송화 향이 날아갈 것 같아 밥을 다 찐 다음에 섞기로 했다. 그리고 사흘 동안 매일 한 번씩 발효조를 열어서 저었다.

이제 가장 중요한 의사결정의 시기다. 언제 증류주를 투입할 것인가. 발효를 언제 중단하느냐 하는 결정이다. 고도수 알코올이 들어오면 효모는 활동을 중단한다. 빨리 중단시킬수록 잔당이 많아져 더 달아진다. 보통 사흘에서 이레 사이인데 중간을 택해서 닷새째를 디데이로 잡았다.

닷새가 흐른 6월 6일, 맛을 보니 여전히 단맛이 느껴지지만 더 기다리지 않고 95퍼센트 주정을 물로 희석해 알코올 도수가 42퍼센트인 증류주를 4리터 만들어 붓는다. 산소 접촉을 차단하기 위해 종이 포일을 벗기고 뚜껑을 덮는다. 23일 뒤인 6월 29일, 두근두근하며 발효조를 열고 거름망으로 술을 거른다. 연두부처럼 옅은 노란색을 띤 술을 한 모금 머금어 본다. 부드럽다. 자작나무 향이 입안에 은은하게 퍼진다. 단맛은 있으나 향 때문에 강하지 않다. 약주의 단점인 누룩취가 느껴지지 않고 주정의 독한 맛도 나지 않는다. 향미는 좋지만 도수가 강하다. 20도는 너끈할 것 같다. 요즘은 소주도 15도까지 내려간 터라 너무 센 것 같다. 보통은 여기에 물을 넣어서 15도 안팎으로 낮추는데 원주를 지키고 싶은 생각이 든다. 괜찮은 과하주가 나왔다 싶다. 그것도 첫 시도에. 자신이 만든 음식이 더 맛나게 느껴지는 편향까지 더해지니 혹시 숨은 재능을 억누르고 살아 온 것 아닌가 하는 망상도 든다. 이제 다른 사람들의 평가를 들어봐야 한다.

7월 어느 날, 명주반, 명인반, 주인반 총 3개월 과정을 마감하는 졸업식이 열렸다. 수강생과 가족, 하객, 운영진까지 100명도 넘게 오는 날이었다. 무엇보다 유명 양조장 대표들도 참석하기 때문에 전문적인 피드백을 받을 수 있지 않을까 기대하며 송화 과하주를 술병에 담아 갔다.

졸업식에서는 여덟 조가 그동안 제조한 술을 두 병씩, 모두 열여섯 종을 소개하고 이어 심사 결과가 발표된다. 이후엔 함께 그 술들을 시음하는데, 동문 양조장에서 협찬한 술까지 탁자 위에 올라 흥겹고 어지러운 술판이 벌어진다. 그 술꾼들 사이를 헤치고 1리터짜리 술병을 들고 따라 주며 맛이 어떠냐 묻고 다니는 한 남자가 있었으니. 처음에는 동기생들에게 권하더니 점점 대담해져서 하객들이 모인 앞자리로 진출한다. '술아 과하주'로 과하주 시장을 연 술아원의 강진희 대표, 한국 술의 원로인 '더한주류'의 박경준 고문, 그리고 고품질 증류식 소주를 내놓는 '온 증류소'의 오규섭 대표…… 모두 이구동성으로 "오, 괜찮은데"라고 말한다. 내 술을 들이켜고 약간 놀란 표정을 짓거나 놀라서 뒤로 한 발 물러나는 것 같은 환각마저 든다. 교장 격인 류인수 소장은 "이 술 아껴 두고 마시라"라고 말한다.

듣기 좋은 얘기들이긴 한데 말들이 짧다. 진짜 괜찮았으면 "어떻게 만든 거예요?"라는 질문 하나쯤은 할 법도 하지 않은가. 이분들은 새로운 후배들을 만나서 기분이 좋고, 심사 때 졸업주 열여섯 병을 나눠 마신 데다 축하 파티에서 여기저기 권하는 술에 마음이 느슨해졌을 터다. 아마 막소주를 권해도 반응은 같지 않을까. 마음 편히 드시라고 탁자 위에 내 술병을 놔뒀는데 졸업 파티가 끝날 때까지도 비워지지 않는다. 술에 대한 묵시적인 평가다.

졸업식이라는 자리가 평가에 적합하지 않았을 수 있다. 하지만 반응이 없었다고 게임이 끝난 것은 아니다. 여과와 숙성이 남았다. 술은 여과하면 부드러워진다. 시간이 어떻게 마법을 부릴지 알 수 없다. 송화 과하주를 냉장고에 넣었다. 10여 개월 지난 후 지인 열댓 명에게 풀어놓았더니 다들 눈이 휘둥그레지면서 어떻게 이런 맛이 나올 수 있느냐고 앞다퉈 잔을 내밀었다. 다소 밍밍한 송화 맛이 사라지고 솔 향이 부드러워지면서 스카치 위스키 향도 살짝 감도는 밸런스 좋은 술이 됐다. 시간이 흘러서 좋은 게 있다.

# 효모 독에 적응한 유일한 동물

11

과하주는 발효 기간이 짧다. 고문헌들을 찾아보면 대부분 사흘 만에 소주를 붓는다. 길어도 이레를 넘기는 경우가 많지 않다. 여기엔 당화 과정도 포함된다. 누룩에 있는 곰팡이가 쌀의 전분을 단당인 포도당으로 잘게 자르는 당화 반응이 일어나면 효모가 이 포도당을 먹으면서 수백억 마리로 증식해 본격적으로 (포도당을) 먹고 (에탄올을) 싸는 과정이 일어난다. 사흘이나 일주일이면 빠듯한 일정이다. 효모 입장에서 보면, 약주의 경우 한 달 동안 먹을 시간이 있는데 과하주는 이제 막 식사를 하려는데 접시를 치우는 것처럼 야박하다. 효모는 먹고 싸기만 하는 게 아니다. 과일 향과 꽃 향을 구성하는 유기 화합물인 에스테르ester를 발산한다. 효모에게 합당한 대우를 해 줘서 과일 향과 꽃 향이 풍부하게 나는 최적의 시점을 찾아야 한다.

　　단세포 진균류인 효모의 종류는 다양한데 유해한 것도 많다. 그중 사카로미세스saccharomyces, 빵 효모, 맥주 효모로 활용는 자기 보호를 위해 특이한 액체를 배출한다. 경쟁자인 세균과 박테리아를 향해 발사하는 생화학전 액체 폭탄, 즉 에탄올이다. 에탄올을 소독제로 쓰는 이유이기도 하다. 에탄올의 다른 이름이 알코올이다. 이 물폭탄에 적응한 유일한 동물이 인간이다. 술이 인간을 고유한 존재로 만든다고 앞서 얘기했는데 이런 시각의 대표 논객인 에드워드 슬링거랜드 Edward Slingerland는 에탄올을 섭취하는 것이나 담배와 대마초를 피우고 커피를 마시는 것도 같은 이치라고 말한다.

당신을 흥분시키는 대마초 성분인 THC(tetrahydrocannabinol)는 사실 그 식물이 먹잇감이 되는 것을 피하기 위해 만들어 내는 쓴맛의 신경독이다. 카페인, 니코틴, 코카인을 포함한 모든 식물성 약물은 이유가 있어서 쓰다. 톡 쏘는 맛은 초식동물에게 보내는 메시지이다. '물러서라, 만약 나를 먹으면 네 위를 다치거나 뇌가 어지러울 것이고 어쩌면 이 둘 다 겪을 것이다'가 그런 메시지다.

– 에드워드 슬링거랜드, 〈취함의 미학〉

**에드워드 슬링거랜드**

캐나다 브리티시컬럼비아 대학교 아시아
학과의 철학 교수로, 전국 시대 중국의 사상과
종교학에서 출발해 인지언어학, 윤리학,
진화심리학 등 인문학과 자연과학의 통섭에
관심을 두고 연구하는 저명한 학자.
진화론의 관점에서 술을 연구한 결과를
〈취함의 미학〉이라는 책으로 펴냈다.

인간은 그런 메시지에 개의치 않고 식물이나 효모가 내뿜는 신경독을 버젓이 먹거나 마시거나 피우고 일부는 결국 중독돼 식물의 저주에 걸리고 마는 괴상한 동물이다. 그 신경독들은 인류 문화에도 많은 영향을 미쳤는데 그중에서 알코올이 독보적이다. 슬링거랜드는 문화cultural, 공동체communal, 창의creative라는 세 분야, 3C로 그 영향을 설명한다. 예를 들면 제사상에 제삿술을 올리고cultural 전쟁에 나갈 때 같이 건배하면서 용기와 단합을 도모하는가 하면communal 술을 마시고 떠오르는 영감으로 시나 소설을 쓴다creative. 현대에도 술의 순기능은 여전하다. 국빈 만찬에는 건배 순서가 꼭 들어간다. 우호 관계를 다지는 의식인데 술잔에 입만 댈 게 아니라 넥타이를 풀어헤치고 취하도록 마신다면 마음이 열리고 양국 관계가 더 돈독해질 텐데 하는 생각이 들곤 한다. 구글 같은 회사에서는 사옥에 위스키 룸이 있어 개발자들이 코딩하다 막히면 들러서 한 잔 들이켜고 다시 일을 하러 간다고 한다.

알코올의 순기능을 좀 더 문학적으로 표현하기 위해 위스키 애호가 무라카미 하루키를 소환한다.

만약 우리의 언어가 위스키라면, 이처럼 고생할
일은 없었을 것이다. 나는 잠자코 술잔을 내밀고
당신은 그걸 받아서 조용히 목 안으로 흘려 넣기만
하면 된다. 너무도 심플하고, 너무도 친밀하고,
너무도 정확하다. 그러나 유감스럽게도 우리의
언어는 그저 언어일 뿐이고, 우리는 언어 이상도
언어 이하도 아닌 세상에 살고 있다. 우리는 세상의
온갖 일들을 술에 취하지 않은, 맨 정신의 다른
무엇인가로 바꾸어 놓고 이야기하고, 그 한정된 틀
속에서 살아갈 수밖에 없다. 그러나 예외적으로
아주 드물게 주어지는 행복한 순간에 우리의
언어는 진짜로 위스키가 되기도 한다. 그리고
우리는 – 적어도 나는 – 늘 그러한 순간을 꿈꾸며
살아간다. 만약 우리의 언어가 위스키라면, 하고.

– 무라카미 하루키, 〈만약 우리의 언어가 위스키라고 한다면〉

그러고 보면 술 때문에 평생 고생한 내게도 술 마시면
서 수많은 사람들과 마음을 터놓고 즐거운 시간을 보낸 추
억들이 쌓여 있다. 슬링거랜드식으로 표현하자면 전전두엽
의 기능을 마비시키고 아이의 마음으로 돌아가 개방적이
고 창발적이며 서로 신뢰하는 마음으로 하나가 된 시간들.
다음 날 숙취 속에서 깨어나면 전날 이상한 행동을 저지르

지는 않았는지 괴로워하며 이불킥하는 시간만 빼고.

이것은 모두 인간과 효모의 찰떡궁합 관계에서 비롯했다. 효모는 당을 먹으면서 생체 에너지의 저장, 공급, 운반을 중개하는 에너지원인 아데노신삼인산ATP을 얻고 중간 대사 물질인 피부르산을 거쳐 아세트알데히드를 생성하여 에탄올(알코올)과 이산화탄소로 전환한다. 에탄올은 인간 몸속에 들어가면 알코올 탈수소 효소에 의해 다시 아세트알데히드로 바뀌고 아세트알데히드 탈수소 효소에 의해 아세트산으로 바뀐 뒤 오줌으로 배출된다.

이 효모를 아예 인간 몸속에서 배양할 수 있다면 체내에서 아세트알데히드를 에탄올로 변환할 수 있을 것이다. 한번 술을 들이켜면 아세트알데히드로 전환됐다가 효모에 의해 에탄올로 전환되고 에탄올은 다시 알코올 탈수소 효소에 의해 아세트알데히드로 전환되는, 영원히 취할 수 있는 피드백 시스템이 신체 내부에 생기는 셈이다.

인체에도 효모가 있다. 가장 흔한 효모는 칸디다Candida 속 균으로, 사람의 피부, 입, 목, 장, 생식기 등 다양한 부위에 자연적으로 서식하다가 특정 조건에서 과도하게 증식하면 문제를 일으킨다. 술을 발효하는 사카로미세스 효모도 체내에서 발견된다. 하지만 자생한다기보다는 빵이나 술을 섭취했을 때 잠시 남는 정도여서 발효를 할 정도는 아니다. 이 효모를 위라는 발효조에서 증식시켜 술을 만들기 시작한다면 수많은 양조 회사들이 무너지고 실업자들이 늘어나면서 경기 침체에 빠지고 사회가 불안정해지겠지. 상상으로만 그치자.

효모와 인간의 유사성은 또 있다. 효모는 인간에게 최적 온도라고 할 수 있는 영상 20도에서 25도를 좋아한다. 30도를 넘어가면 노화하고 42도를 넘으면 사멸하는 것으로 알려졌다. 아래로는 영하 30도에서 사멸한다. 그래서 발효실 온도를 영상 25도 이내로 맞추지만 석장리 미더리 이재천 대표는 "너무 편안한 환경에서 자란 아이가 공부를 게을리할 수 있듯 효모도 게을러질 수 있다"며 이보다 낮은 온도에 넣어 두고 열심히 일하게 해야 한다고 한다.

저온 발효에 대해서는 거의 만장일치다. 2024년 샌프란시스코 세계 증류주 대회에서 더블 골드 상을 받은 '주연향'의 김양식 대표도 15도에서 저온 발효 공법을 쓴다. 일본 사케도 대부분 발효 온도를 10도에서 15도 사이에 놓는다. 와인의 경우 레드 와인은 20~25도에서 발효하지만 화이트 와인은 10~15도에서 발효한다. 7도에서 15도 사이에서 천천히 발효하는 화이트 와인도 있다. 한국 농수산대학교 최한석 교수는 "낮은 온도에서 발효하면 향미가 더 풍부해진다"라고 말한다. 저온 발효하려면 발효 기간을 길게 가져가야 하기 때문에 짧은 발효로 잔당을 남기는 과하주에는 맞지 않는다.

누룩에 있는 다른 친구들도 신경 안 쓸 수가 없다. 당화를 맡은 누룩곰팡이는 영상 30도를 좋아한다. 좀 더 세밀히 들어가면 누룩곰팡이 안에 있는 다양한 효소들이 그 작업을 한다. 알파 아밀라아제나 베타 아밀라아제, 글루코 아밀라아제 등이다. 알파 아밀라아제는 사람의 침에도 많아서 예전에 누룩이 없을 때에는 쌀을 입에 넣고 우물대다가 뱉으면 침을 통해 달라붙은 야생 효모가 술을 만들기도 했다. 사람이 발효조로 기능할 수 있다는 가능성(?)을 여기서 확인한다. 입에서 곡물을 당화해 삼키면 위에서 효모와 섞여 발효되고, 소변으로 알코올이 배출되거나 위로 역류하는 시스템⋯⋯ 역시 상상은 여기까지.

이수광은 1614년에 펴낸 〈지봉유설芝峯類說〉우리나라 최초의 백과사전적인 저술에서 재밌는 해외 술들을 소개했다. 몇 가지 예를 들자면 진랍眞臘, 현 캄보디아의 미인주美人酒를 아름다운 여인이 입에 넣고 하룻밤 만에 만든 술이라고 쓰면서 유구국流求國, 오키나와를 중심으로 유구제도 부인들은 쌀을 씹어서 술을 만든다고 덧붙였다. 또 중산주中山酒는 취하면 무려 천 일 만에 깬다고 한다. 아까 언급한 인간과 효모의 피드백 시스템이 가동돼 인체 내부에서 술이 끝없이 순환하나 보다. 중국 계양桂陽 정향주程鄕酒는 마시고 나서 천 리 길을 가면 비로소 취한다고 한다. 위장에 발효와 숙성을 거치는 시스템이 있음에 틀림없다.

침으로 술을 만든 사례는 세계 각지에 있다. 일본 사케 구치카미口嚙み는 구치입와 카미씹다라는 합성어인 이름에서 알 수 있듯 쌀을 씹어 침 속 효소를 활용해 만든 술이다. 남미에서도 옥수수를 씹어서 치차chicha라는 술을 만든다. 이 술들의 공통점은 여자가 씹는다는 것. 미인주의 경우 〈지봉유설〉보다 152년 앞선 1462년 〈세조실록世祖實錄〉에 구체적인 방법이 나온다.

"하루거리 술(一日酒)은 15세 처녀가 입을 깨끗이 씻고 밥을 씹어서 술을 빚는데, 그 맛이 기막히게 달다."

여자의 침에만 효소가 있는 것은 아닌데 여자에게만 시키고 나이도 15세 소녀로 특정해서 씹도록 한 이유는 짐작할 수 있을 것 같다. 남이 씹어 만든 술은 사양이지만, 중년 남자가 씹어서 뱉은 쌀로 만든 술은 상상으로도……

이런 효소들은 효모와 달리 30도 이상 고온에서 활발하게 활동하기 때문에 저온 발효를 해도 초반에는 온도를 높일 필요가 있다. 누룩에 효소와 효모가 들어 있어 당화와 발효를 병행해야 하는 전통주의 경우 무 자르듯 두 과정을 명확히 구분하기 쉽지 않다. 대체로 초반 2~3일 온도를 높게 설정하고 그 이후에는 양조장마다 각자 구현하려는 술에 맞춰 조절한다. 과하주의 경우 당화와 발효 기간이 짧아서 그 구분에 큰 의미가 없다고 느꼈다.

다시 오늘의 주인공 효모로 돌아와, 가양주 연구소의 수업 시간에 효모가 아이딸세포를 낳는 모습을 현미경으로 본 적이 있다. 둥그런 원에서 작은 원이 뚝 떨어져 나온다. 계속 현미경으로 들여다봤으면 이 작은 원도 점점 커지다가 두 시간 후에 또 다른 작은 원을 뚝 떨어뜨릴 것이다. 이것을 출아법이라고 부른다. 이렇게 효모 한 마리는 한 번에 하나씩 아기 스물네 마리를 낳은 뒤 사멸한다. 수명은 48시간.

반면 곰팡이는 포자에 의해 번식한다. 산소가 있는 환경에서 자라고 산소가 없어지면 살 수 없는 점은 인간과 똑같다. 효모가 배출한 이산화탄소로 발효조가 가득 차면 곰팡이는 죽는다. 하지만 이때에도 효모는 계속 에탄올을 생산한다. 어두운 발효조 안에서 곰팡이와 효모가 서로 바통을 넘겨 주면서 임무를 교대하는 장면이 떠오른다. 그런 효모도 끝없이 에탄올을 생산하지는 않는다. 최대 도수 18퍼센트까지만 에탄올을 생산한다.

발효조 안에서 벌어지는 생화학전이 하나 더 있다. 바로 누룩에 있는 또 다른 균인 젖산균의 활동이다. 젖산균은 포도당을 먹고 젖산을 생산하면서 발효조 내 산성도를 높인다. 산성도는 수소 이온 농도 지수 $pH$로 표현한다. 수치가 낮을수록 산성도가 높다. 효모는 $pH3$이나 4 이하인 약산성 환경에 적응했지만 $pH7$의 중성 환경에서 살아가는 잡균들은 버텨 내지 못하고 사멸한다. 효모는 증식에 두 시간이 걸리지만 젖산균은 그보다 훨씬 짧은 20분으로, 빠르게 pH를 낮춘다. 활동 온도는 영상 25도에서 45도 사이. 밀가루에 많이 들어 있어 조상들은 술뿐만 아니라 김치에도 밀가루를 넣곤 했다.

젖산균은 우리 몸에도 있다. 운동을 하면 글리코겐glycogen, 동물의 간장이나 근육 따위에 들어 있는 동물성 다당류이 포도당으로 분해되고 에너지로 전환되는데 이때 젖산균도 끼어들어 포도당을 먹고 젖산을 내놓는다. 이 젖산으로 몸이 약산성으로 바뀌고 종종 허리나 무릎이 시리다고 느낀다. 운동과 발효는 어떻게 보면 유사한 행위다. 우리는 운동으로 젖산과 이산화탄소를, 효모는 발효되며 에탄올과 이산화탄소를 배출한다.

누룩곰팡이와 효모, 그리고 젖산균의 생육 환경을 종합한 결과, 과하주를 빚을 때 발효 온도를 좀 더 낮추고 그만큼 발효 기간도 점차 늘려 갔다. 그러면 생산되는 알코올 양도 늘어날테니 증류주 양도 이에 맞춰 줄였다. 사흘, 나흘, 닷새, 엿새, 이레, 여드레, 아흐레, 열흘로 늘려 본 결과 이레 이상은 과하주의 기본 베이스인 단맛이 너무 빠져서 술맛을 내기가 어렵다는 것을 깨달았다. 과하주는 잘 빚기 쉽지 않다.

# 비밀 병기 뇌명실을 꺼내다

12

과하주에서 단맛을 없애는 게 아니라 감추자는 쪽으로 방향을 잡았으나 변수가 너무 많다. 누룩과 쌀, 물, 부재료들의 변수를 조합하면 무한한 경우의 수가 나오니, 양자 컴퓨터로 계산해야 하지 않을까? 누룩만 해도 여러 종류고 누룩마다 전분을 포도당으로 전환하는 당화력糖化力이 다르다. 밀누룩의 당화력이 300스펜서SP로 높고 쌀누룩은 150스펜서, 입국粒麴, 낱알 누룩은 50스펜서로 낮다. 쌀 1그램을 당화하는 데 보통 24스펜서가 드니까 쌀 1킬로그램을 당화한다면 2,400스펜서가 필요하다. 밀누룩은 80그램이면 되고 쌀누룩은 160그램이 필요하다. 입국은 480그램이나 든다. 보리누룩의 정확한 수치는 모르겠는데 경험상 밀누룩과 쌀누룩 중간 정도인 듯하다. 당화력 수치가 너무 낮으면 술이 달지

**당화력**

누룩이나 맥아 속 효소가 곡물의 녹말을 포도당이나 맥아당으로 분해하는 능력. 누룩 추출액이 40도에서 한 시간 동안 녹말을 포도당으로 변화시킨 양을 기준으로 계산하며 단위는 SP.

않고 도수가 잘 오르지 않으며, 너무 높으면 발효 속도가 너무 빨라져 술맛이 거칠어질 수 있다.

당화력이 높으면 술은 달아지니 당화력이 밀누룩의 절반인 쌀누룩을 써서 단맛을 줄일 수 있다. 그러나 쌀누룩은 물도 많이 들어가 당도가 급격히 낮아져 '떡볶이 방법론'이 안 통할 수 있다. 그럼 보리누룩을 써 볼까? 보리누룩에서 나는 향미가 과하주와 잘 맞을까? 물을 많이 타면 싱거워지니 당연히 단맛도 줄어든다. 얼마나 물을 부어야 적정선일까?

한국 가양주 연구소에서 제시한 과하주 제조법은 쌀 4킬로그램에 물 2리터인데 나중에 붓는 증류주의 물 양을 감안하면 1 대 1에 근접한다. 고문헌에 나오는 과하주 제조법에 따르면 쌀과 물 비율이 3 대 1일 정도로 물이 적게 들어간다. 제조할 때도 비율을 따져야 하지만 숙성 단계에서도 물 양을 조절할 수 있다. 송화 과하주의 경우 처음에는 원주 그대로 권했더니 너무 달고 세다는 반응이었다. 하지만 물을 전체 술의 25퍼센트 비율로 더 넣어 주니까 부드럽고 맛있다는 반응이었다. 물만 더 부었을 뿐인데 맛이 좋아졌다니 횡재한 기분이었다. 물을 타면 술 양이 늘어나 경제적이다. 알코올에 갇혀 있던 향이 풀려나오는 효과도 있다. 그러나 숙성 단계 전 발효 단계에서는 위험 부담이 크다. 술이 싱거워지고 단맛도 없어질 수 있으니 조금씩 물을 늘려 가면서 확인해 봐야 한다.

찹쌀 대신 멥쌀을 써도 단맛이 훨씬 줄어든다. 어느 정도까지 줄어들지는 역시 해 봐야 안다. 멥쌀로 범벅을 하고 그다음 찹쌀을 고두밥으로 쪄서 함께 혼합하여 당도를 조절할 수 있다. 그럼 이양주가 돼서 공정이 늘어난다. 쌀은 보통 세 시간 침미하는데 백화춘이나 청명주처럼 사흘 이상 침미해서 산미를 높여 단맛을 상쇄하는 것도 고려해 볼 만하다.

쓴맛이나 떫은맛이 강한 부재료를 넣어도 그만큼 단맛이 중화될 것이라 생각할 수 있다. 그런데 너무 많이 넣으면 단맛은 안 나고 향미가 지나치게 강한 과유불급의 술이 되고 만다. 여기에 온도까지 영향을 미치니 이 모든 경우의 수를 다 실험해 볼 수는 없는 노릇이다. 차라리 혼자 하지 말고 실험 시설을 갖춘 큰 기업과 협력해서 물, 쌀, 부재료, 누룩 등을 조합해 수십 개 발효 통에 각각 담아 동시에 실험하는 광경을 상상해 본다. 그중 최상의 향미를 찾아내면 그걸 대량 생산하는 거다. 하지만 내가 그 기업의 사장이라도 아직 대중성이 검증되지도 않은 잊힌 전통주, 과하주에 투자하지 않을 것 같다.

이때 비밀 병기가 떠올랐다. 이 부재료라면 단번에 단맛을 해결하면서 기가 막힌 향미를 선사하지 않을까. 그 이름은 뇌명실腦明實. 한자어를 풀이하면 뇌를 맑게 해 주는 열매라는 뜻이다. 그 말에 솔깃해서 언젠가 온라인으로 주문해 한동안 먹다가 역시 처박아 둔 열매다. 비밀 병기라기보다는 아무도 거들떠보지 않는 부재료라고 하는 게 더 정확한 표현이다. 건포도처럼 작지만 단단해서 꽉 깨물어야 와삭 소리와 함께 부서지는데 후추 맛과 귤 껍질의 쓴맛, 산초처럼 아린 맛, 박하 향 같은 복합적인 향미가 입안에 퍼진다. 몸에 좋다고 하니 삼키지, 먹기 어렵다. 계속 씹으면 단맛과 박하 맛도 올라오긴 하지만 쓴맛이 압도해서 먹다가 내버려 뒀다. 이걸 넣으면 혹시 단맛을 감출 수 있지 않을까?

사실 졸업 작품을 낼 때 이 열매를 써 봤다. 같은 조원들도 처음 접해 본 뇌명실의 독특하고 강한 향이 술에는 매력적일 것이라고 동의해서 뇌명실 약주를 완성했고, 품질은 괜찮았다고 생각한다. 매운맛을 내는 물질에 열을 가하면 매콤한 향은 유지하면서 단맛이 나는 것은 대부분 경험해 봤을 것이다. 고기 먹을 때 함께 굽는 통마늘이 그렇다. 이 현상을 응용해 보고 싶었다.


요리는 잘 안 하지만 내가 개발한 음식이 있다. 삼신三辛 소고기 볶음밥이다. 재료는 식은 밥과 소고기 등심에다 마늘, 양파, 고추 세 가지 매운 채소가 전부다. 소고기 등심을 먹기 좋게 조각조각 잘라 프라이팬에 볶은 다음, 반 정도

익으면 식은 밥을 넣고 육즙이 밥에 배도록 함께 볶는다. 그런 후 부피가 크고 단단한 통마늘을 먼저, 양파와 고추를 나중에 넣어 볶고 굵은 소금으로 간을 해 완성한다. 마늘과 양파, 고추의 매운맛은 향만 남고 살짝 단맛으로 바뀌어 있다. 조금 매운맛을 남겨 두고 싶으면 볶는 시간을 줄이면 된다. 아린 맛과 단맛이 어우러진 이 삼신 소고기 볶음밥을 만들면 큰 프라이팬 한 판이 순식간에 비워진다.

여기서 한 발 더 나아가, 가열 대신 발효를 해도 비슷한 화학 작용을 일으키면서 매운맛이나 쓴맛에서 독특한 향이 나지 않을까? 발효할 때 발효 통 안의 온도가 30도를 넘기도 하니까 조금 익히는 효과도 있지 않을까? 가열까진 아니니 어느 정도 남을 매운맛과 쓴맛이 술의 단맛을 상쇄할 거고, 그러면서도 독특한 향미는 살리지 않을까? 고문헌을 봐도 생강과 후추 같은 향신료를 넣은 술들이 적지 않다. 최남선이 1946년에 펴낸 조선 상식 백과사전인 〈조선상식문답朝鮮常識問答〉에 따르면 감홍로甘紅露, 죽력고竹瀝膏와 함께 조선 3대 명주로 꼽힌 이강주梨薑酒에는 배와 꿀 외에도 생강, 계피, 울금 같은 강한 향신료들이 들어간다. 물론 이강주는 증류한 것이어서 살짝 다르지만.

무엇보다 뇌명실은 뇌를 맑게 해 준다고 하지 않나. 신명을 통하게 한다는 창포주가 떠오른다. 아울러 제2형 당뇨병 예방과 기억력 향상, 콜레스테롤 감소 등의 효능이 있다는 속설도 있다. 백수환동주나 창포주와 마찬가지로 잘되면 대박이고 밑져도 본전이다.

궁금해서 찾아보니 뇌명실의 원산지는 러시아 아무르강 유역이다. 중국에서는 흑룡강이라고 부르는 그 강변에 자라는데 강 북쪽에서는 아무르 코르크amur cork, 강 남쪽 중국에서는 황백黃柏 또는 황벽黃蘗이라고 부르는 나무의 열매다. 이 열매는 러시아에서는 아무르 벨벳amur velvet이라는 근사한 이름으로 부르는데 먹지는 않는 것 같고, 중국에서는 황백과라고 해서 약용으로 쓴다고 한다. 한국에도 황벽나무가 자라기는 하지만 이 열매를 언제부터 뇌명실이라고 불렀는지는 명확하지 않다.

러시아에서 건너온 이 열매가 오래전부터 전해 내려온 한국의 과하주와 만나 나만의 뇌명실 과하주가 탄생하는 것이다. 달콤하면서 알싸하고 입안에서 박하 향이 좌악 퍼지는데 머릿속은 청아하게 맑아지는 그런 술이 나올 것인

가. 아니면 달지도 쓰지도 않고 향은 거북스러운 술이 될 것인가.

재료는 찹쌀 2킬로그램, 탕수 1리터, 누룩 200그램, 뇌명실 200그램, 45도 증류주 2.1리터. 수곡을 미리 만들고 찹쌀을 씻어서 탈수한다. 쪄서 고두밥으로 만든 후 혼합하는 과정은 앞서 설명한 송화 과하주와 같다. 다른 점은 뇌명실을 증류주에 담가 우려내는 방식을 취했다는 점. 열매류로 술을 빚을 땐 이런 침출 방식을 많이 쓴다. 발효한 지 사흘이 지난 술덧에 12일 동안 뇌명실을 침출한 증류주를 섞었다. 국자로 떠서 한 모금 마셔 보니 톡 쏘고 쓴맛이 강하다. 이대로 숙성하면 안 될 것 같아 새콤함으로 맛을 보완하기 위해 유자 제스트<sub>감귤류 과일의 껍질을 얇게 저민 것</sub> 50그램을 넣는다. 한 달 후 채주해서 병입한다. 씁쓸하면서도 달고, 싱그러우면서도 알싸한 술이 나왔다. 다만 향이 강하다. 뇌명실 200그램은 많았던 것 같다. 가수하면 좋아지려나 싶어 나중에 물을 더해 보았지만 그러고도 여전히 향이 강했다.

뇌명실이 과하주의 문제를 해결하는 '비밀 병기' 급은 아닌 것으로 판명 났다. 나중에 다른 술들을 빚을 때 뇌명실을 조금 넣어 보았는데 여전히 다른 향미를 압도했다. 뇌명실 과하주를 마셔도 머리가 맑아지긴커녕 무거워진다. 요행수를 찾지 말고 우직하게 실험하는 수밖에 없다. 일단

쌀과 물의 비율은 가양주 연구소의 제조법대로 하고 쌀과
누룩, 부재료에 변화를 주면서 점차 실험 범위를 넓혀 가기
로 한다.

# 태어나 처음으로 내 작업실이 생겼다

13

양조는 일반 요리와 달리 결과가 늦게 나오는, 호흡이 꽤 긴 작업이다. 비교적 빨리 채주하는 과하주 역시 추가 숙성 과정을 빼고도 최소 28일이 소요된다. 숙성까지 감안하면 3개월쯤 돼야 완성품이 나온다.

나는 호흡이 짧은 일을 해 왔다. 처음에는 하루 일해서 하루 먹고 사는 일간지 기자였다. 그때는 방송을 빼면 하루에 한 번씩 나오는 종이 신문이 가장 빠른 미디어였다. 그 이후 인터넷과 모바일로 커리어를 옮겼으니 어쩌면 평생 빠른 미디어에서 일해 온 건지도 모른다. 발행 간격이 노동 성격을 결정한다. 일간지 시절 매일 기삿거리를 건지기 막막했고 어찌어찌해서 취재를 해도 마감 시간 안에 기사를 쓰는 것도 버거웠다. 고달픈 날품팔이였다.

인터넷과 휴대폰이 없던 시대라 분량이 긴 원고를 쓸

때에는 밤새 원고를 작성해 차장의 책상 위에 올려놓고 나가야 한다. 짧은 원고는 공중전화로 읽는다. 보고와 명령 체계는 다단계로 이뤄진다. 경찰서 기자실에 있는 2진 선배한테 한 시간마다 공중전화로 취재 내용을 보고하면 2진 선배는 다른 경찰서에 있는 1진 선배한테 보고하고, 1진 선배는 서울 경찰청에 나가 있는 '시경 캡'으로 불리는 선배한테 다시 보고한다. 시경 캡은 각 라인의 보고 내용을 간추려 회사 내근 중인 차장 선배한테 보고를 하고 차장 선배는 경찰 외에도 시청이라든지 다른 부처의 보고 내용을 종합해서 부장한테 보고한다. 부장은 편집 회의에 들어가서 발제를 하고 어떤 것을 기사로 쓸지 결정받아 돌아온다. 그러면 이제 역순으로 지시가 떨어진다. 이 과정을 거쳐 내가 발제한 소재가 기사화하기로 결정되면 나는 회사로 전화를 걸어 원고를 읽거나 전날 써놓은 기사를 내근 중인 선배와 함께 고친다. 이 통화는 "이 ××야, 이걸 기사라고 썼어?"라는 불호령이나 "이게 사람 글씨냐" 하는 비아냥으로 시작된다.

자기가 경험한 일을 자신한테 전달하는 것은 쉽다. 일기가 그렇다. 그러나 남의 일을 남한테 전달하는 것은 어렵다. 그 남이 한두 명이 아니고 수백만 명일 경우에는 더욱 그렇다. 아무리 예전엔 글재주가 뛰어나다고 평가받았던 친구들이라고 해도 모두 쌍소리를 들으며 깨지는 과정을 거친다. 술도 그렇다. 내가 맛있다고 되는 게 아니다. 일기가 아니다. 맛을 객관화해야 한다.

아무런 말이 없으면 힘들게 써 놓은 기사가 안 나간다는 뜻이다. 사연을 꼭 전하겠다고 약속한 사람들한테 얼굴을 들 수 없다. 차라리 욕을 먹더라도 기사가 나가는 게 낫다. 매저키스트처럼 욕이 당긴다. 그러다 어느 날, 전화하라는 지시가 없어 낙심하고 있는데 몇 시간 후 석간신문에 내가 쓴 기사가 떡하니 실린 것을 봤다. 놀랍고 기뻤다. 그런 일이 잦아지면서 햇병아리 신세를 면했다.

연말에 사회부장이 신문에 실리지 않은 원고를 버리지 않고 있다가 부원들 이름을 부르면서 돌려줬는데 내 원고가 가장 많아서 쌓아 놓으니 백과사전 세 권 높이였다. 피눈물 나는 사연들이 나라는 애송이 기자를 만나 세상에 알려지지 않았으니, 미처 나가지 못한 원고지 뭉치에 짓눌려 마음이 가라앉았다. 그렇다고 지면에 실린 건수가 적은 것은 아니었다. 오히려 가장 많은 편이었다. 산업 재해와 직업병 같은 쟁점을 사회적 의제로 끄집어 올렸고 그 결과 한국 노동 환경이 개선되는 보람도 있었다. 지면에 나가든 안 나가든 정말 많이 취재했고, 정말 많은 기사를 썼다. 술을 빚는 일과 유사하다. 매일 빚다 보면 태작駄作도 나오지만 수작秀作도 나올 수 있다.

그렇게 점점 일이 손에 붙었다. 기차가 탈선했다거나 아동 유괴 살인범이 잡혔다거나 하는 돌발 상황이 생길 때면 매번 현장이나 사고 대책 본부에 파견됐다. 한눈에 상황을 파악하고 잽싸게 정리해서 마감 시간 안에 매끈하게 기사를 처리했다. 그러다 보니 워싱턴 특파원으로도, 이라크 전쟁 종군 기자로도 파견돼 기자로서 가장 어려운 과업을 맡아 처리할 수 있었다. 능숙함의 경지에 오르면 수월하게 일을 해 내는 느낌을 안다. 이후 그 분야를 떠나 낯선 곳에서 시작하면 다시 그 느낌을 추구하게 된다. 양조에서는 언제 그런 능숙함을 느낄지 요원하다.

기자로서 능숙해지긴 했어도 대체로 하루살이로 사는 건 마찬가지였다. 게다가 갈수록 기사 글자 수마저 줄었다. 가독성을 높이기 위해 활자를 키운 탓에 원고지 12매짜리 해설 기사를 6매로 줄여 쓰게 된 것이었다. 신문사들이 앞다퉈 〈USA 투데이〉를 본 따서, 읽는 신문이 아니라 보는 신문으로 가야 한다며 경쟁을 벌였는데 이 결정이 기자나 독자의 지적 수준을 떨어뜨렸다고 생각한다. 배경이나 맥락을 깊이 있게 분석하지 않고 현상만 전달해도 6매, 즉 1,200자는 채울 수 있다. 그러니 어떤 기사든 쉽게 복제되고 대체된다. 이 현상은 인터넷 시대를 맞아 더 악화되었고.

짧은 호흡으로 일하고 기사도 점점 가벼워지는 게 싫증이 나서 월간지를 발행하는 부서에 자원했다. 잘나가는 정치부를 마다하고 잡지로 가는 것에 다들 의아해했지만 한 달 단위로 취재하고 한 주제에 대해 100매, 200매짜리 긴 글을 쓰는 게 좋았다. 한 달 중 첫 번째 주는 여유 있게 쉬면서 구상을 하고 두 번째, 세 번째 주는 취재하고 네 번째 주는 밤새 기사를 쓰는 리듬이었다. 나중에 회사를 그만두고 프리랜서로 일하면서 책을 여러 권 쓸 수 있었던 것도 월간지에서 필력을 늘린 덕분이다. 글을 쓰다가 고개를 들자 창밖으로 날이 밝아 와 어둠 속에 묻혀 있던 사물들이 형체를 드러낸 것을 보고 흠칫 놀란 적도 있다. 마치 누가 갑자기 스위치를 켠 것처럼 나도 모르는 사이 아침이 왔다. 그만큼 몰입했다.

오프라인 매체에서 온라인 쪽으로 옮긴 뒤에는 양극단에서 일하는 것 같았다. 운영 측면에서 보면 온라인 콘텐츠 발행 주기는 일간도, 월간도 아닌 광속이다. 하루 수십만 개가 발행되고 이용자들도 빛의 속도로 반응한다. 하지만 새로운 서비스를 제공하기 위해 큰 프로젝트를 진행할 경우 몇 년이 소요된다. 과거 발행된 종이 신문을 디지털로 변환하는 작업을 하는 데에는 3년 반이 걸렸다. 그때 우리는 서로를 역사의 배관공이라고 불렀다. 신문사 서고에 먼지를 뒤집어쓴 채 처박혀 있던 옛날 신문을 한 장 한 장 스캔하고 광학 문자 인식기를 돌려 글자를 하나하나 뽑아내 디지털화한 뒤 한자와 고어투성이인 글을 한글과 현대어로 변환했다. 이용자들은 신문 원본과 한글본을 모두 읽고 어떤 키워드로든 검색할 수 있게 됐다. 저수지에 갇혔던 역사의 물길이 집 수도꼭지로 연결된 관을 통해 콸콸 쏟아졌다. 이 서비스를 이용해 과거를 조명하는 많은 책이 나왔다.

인터넷 시대에 들어와서 일반인이 만든 콘텐츠가 '지식인' 서비스나 블로그, 카페 등을 통해 양산되면서 콘텐츠는 무료라는 인식이 퍼졌다. 이에 반해 전문가들은 인터넷에 글을 올릴 동기가 부족했다. 전반적으로 양은 많지만 질은 떨어졌다. 네이버에서 일할 때는 이 문제를 해결하기 위해 6개월 만에 '네이버캐스트' 서비스를 만들어 전문가들에게 원고료를 주고 글을 받았다. 이전 인터넷에서는 볼 수 없는 좋은 글들이 네이버 메인 화면에 게재됐다. 요일별로 '오늘의 수학', '오늘의 화학', '물리학 산책' 같은 코너를 만들어 수학, 화학, 물리학, 생물학, 천문학 등 과학과 클래식, 미술, 건축 관련 무거운 주제를 쉽게 풀어낸 글들이 출현했다. 전문성과 글쓰기 역량을 모두 갖춘 필자들을 발굴했다. 흥미 위주의 가벼운 글이 범람하던 시대에 보석 같은 교양 지식을 알아봐 주는 사용자들이 의외로 많았다. 연재가 종료된 후에는 책으로 엮어 과학 대중서들이 유행하는 계기가 되기도 했다.

카카오에 와서는 유료 플랫폼인 카카오페이지를 만들었다. 인터넷 시대에 많은 글들이 무료로 풀리자 작가들이 경제적 어려움을 겪었던 것이다. 처음에는 하루 매출이 100만 원도 안 될 정도로 처참했지만 1년 동안 다양한 시도를 하면서 수많은 콘텐츠들이 유료로 팔리고, 여기서 나온 히트작을 토대로 영화와 드라마가 쏟아져 나오는 대반전을 이뤄 냈다. 이 생태계는 지금도 계속되고 있다.

그렇게 18년, 온라인 세상에서 짧은 것은 너무 짧게, 긴 것은 너무 길게, 두 가지 호흡으로 일하다가 이제 월간지의 호흡으로 돌아간 느낌이다. 물론 한 달에 두세 꼭지 기사를 쓰는 대신 계속 술을 빚는다는 차이점이 있다. 한 달 간격으로 월간지가 나오듯 술이 나온다. 지금 나의 콘텐츠는 술이다.

어떨 때에는 거의 하루 간격으로 새로운 술을 빚는다. 작업 주기만 한 달이지, 실제 일은 쉬지 않고 하는 셈이니 일간지 기자와 비슷하다. 한 달이 지나자 거의 하루에 한 번씩 술들이 쏟아져 나온다. 한 번에 빚는 양은 들어간 쌀 양을 기준으로 2킬로그램에서 4킬로그램까지 소량이다. 술을 만드는 것과 동시에 시음회를 하면서 계속 피드백을 받고 새로운 술을 개발해 나간다. 일간지와 월간지 기자를 동시에 하는 셈이다. 한마디로 엄청난 막노동이다. 이것이

내가 살아가는 방법론인지도 모르겠다.

술 빚는 양이 늘어나면서 집 냉장고가 숙성 중인 술병으로 가득 찼다. 더 이상 술병을 우겨 넣을 공간을 찾지 못해 공간 독립을 선언하고 작업실을 구했다. 집 근처 4층짜리 다세대 주택의 2층 투룸인데 방이 유리 벽으로 분리됐고 온도 조절 가능한 에어컨도 별도로 설치돼 있어 발효실로 쓰기에 적당했다. 냉장고도 있었지만 그마저도 얼마 못 가 술병으로 꽉 차 버려서 소형 냉장고 두 대를 더 사서 집어넣었다. 창은 북향인데 그나마 옆집이 바로 붙어 있어서 햇볕이 들지 않았다. 내가 첫 입주라고 하는 것을 봐서는 일반적 기준에서 좋은 투룸은 아니지만 술을 빚으려면 일부러 햇빛을 차단해야 하니 오히려 적합했다.

태어나서 처음으로 내 작업실이 생겼다. 거의 평생 직장 생활을 했지만 늘 프리랜서가 되고 싶었다. 직장 생활은 소중하다. 혼자 풀 수 없는 문제를 여럿이서 같이 풀 수 있기 때문이다. 하지만 나는 원래 농민보다는 유목민에 가까운 성향이다. 자유롭고 싶은 마음이 늘 한편에 있었다. 다들 만류하는데 41세에 신문사를 그만두고 유학을 떠났다. 석사를 마치고 미 대륙을 자전거로 여행하며 자유로운 생활을 만끽했고 50세에 역시 만인의 만류를 뿌리치며 네이버를 그만둔 후 중국으로 떠났다. 상하이와 시안, 베이징을

꼭짓점으로 중원에 대형 삼각형을 그리며 자전거 여행을 할 때 살아 있다는 충만함을 느꼈다.

그러다가 다시 직장 생활에 복귀하고 11년을 한 직장에서 보낸 끝에, 아직 불완전하지만 어엿한 독립을 얻었다. 7평도 채 안 되는 조그만 작업실이 그런 느낌에 실체를 부여했다. 작업실 바깥에는 여전히 불안한 일들이 있었다. 다른 사람들 손에 내 운명이 달린 시간 같은 것. 하지만 작업실에 들어오면 안온했다. 토굴처럼 좁지만 갇혔다기보다는 은신에 가깝다. 바깥에서는 어떤 일이 벌어져도 이 작은 공간에서는 크게 음악을 틀고 치대고 주무르고 뭉치고 젓고 비틀고 쥐어짜고 펴고 오므리고 집고 깎고 담고 흔들고 씻고 닦고 문지르고 빻고 돌리고 재고 널고 털고 밀고 당기고 올리고 내리고 들고 나를 뿐이다. 사서 하는 고생이지만 자유롭다.

# 서른두 가지 부재료와
# 여덟 가지 누룩과 세 가지 물

14

이제 작업실도 얻었겠다 술 좀 잘 만들어 보자. 뭘로 과하주를 빚을까 고민이다. 음식보다 술에 훨씬 다양한 재료가 들어가고, 여기서 나오는 향기 물질과 그 조합은 어지러울 정도로 많아서 기초 화학 지식이 없으면 언제까지고 헤매야 할 성싶다. 화학뿐만이 아니다. 부재료를 제대로 공부하려면 식물학과 세계사까지 수강해야 하지 않을까 싶다. 아닌 게 아니라 부재료들의 전래 과정을 공부하면서, 제국주의 열강들이 식민지를 찾아내고 약탈하는 역사적 순간과 문화 융합으로 새로운 술이나 음식이 탄생하는 창조적 순간을 동시에 엿보았다.

먼저 기존 술들에 어떤 부재료가 쓰이는지 조사해 봤다. 앞서 언급한 베네딕틴에는 스물일곱 가지 부재료가 들어간다고 한다. 안젤리카, 히솝, 주니퍼, 몰약, 사프란, 메이스, 전나무 이삭, 알로에, 아르니카, 레몬 밤, 차, 타임, 고수, 정향, 레몬, 바닐라, 오렌지 껍질, 꿀, 붉은 베리류, 계피, 육두구너트메그등 스물한 가지는 알려졌지만 나머지는 비밀에 싸여 있다. 무려 백서른 가지로 빚는 샤르트뢰즈에는 타임, 레몬 밤, 히솝, 아르니카, 안젤리카, 정향, 육두구, 오렌지 껍질처럼 베네딕틴에 들어가는 재료 외에도 시나몬, 민트, 페퍼민트, 카더몬, 레몬, 제라늄 등도 들어간다고 한다. 수많은 부재료들을 섞는 것은 유럽 전통인 것 같다. 이탈리아 리큐어인 스트레가Strega에도 사프란, 민트, 주니퍼 베리, 실론계피, 플로렌스 펜넬, 아이리스, 회향, 아니스 등 일흔여 가지 허브와 향신료가 쓰인다. 이 술 역시 베네벤토 지역 산소피아 수도원의 엘릭서 레시피를 바탕으로 만들어졌다는 전설이 있으니, 수도사들이 죽어서 천국을 가기보다는 살아서 영생을 누리려고 했던 건 아닌지 살짝 의심된다. 엘릭서 개발을 떠나 맥주와 와인 역사에서도 수도원은 큰 역할을 했다. 수도원 운영 자금을 위해 양조를 시작했다는 설명이 뒤따라 나오긴 한다. 고려 시대에도 절에서 술을 대량 생산했는데 제조법은 승려들 사이에서만 전수됐다고 한다. 일본에서도 헤이안 시대(794~1192년)에 승려들이 사원 관할 농장에서 쌀농사를 짓고 '소보슈僧坊酒'를 제조한 것이 오늘날 사케의 원형이다. 이쯤 되면 승려(종교인)들이 술을 '곡차'라고 돌려 부르며 마시는 관행은 세계 공통인 것 같다.

베네딕틴이나 샤르트뢰즈, 스트레가, 압생트, 아마로 같은 유럽 술들의 정확한 제조법은 비밀에 부쳐져 재현이 불가능하다. 만약 안다고 해도 모방할 엄두가 안 난다. 그 많은 부재료들을 어떻게 구할 것이며 재료들 간 수많은 조합은 한 사람이 할 수 있는 일이 아니다.

한국의 경우, 조선 시대에 억불 정책과 함께 양조의 주체가 절에서 일반 가정으로 넘어갔다. 그래서 집집마다 술을 빚어 제사에도 쓰고 절기마다 특성 있는 술들을 마셨다. 일제 강점기에 편찬된 〈조선주조사朝鮮酒造史〉를 보면 당시 30만 가구가 가양주 면허를 신청했다고 한다. 일곱 집에 한 집꼴로 술을 빚었던 것. 집집마다 제조법이 달랐을 테니 서로 다른 술 수만 종이 탄생했을 테다. 그렇다 해도 가정집에서 완전히 새로운 시도를 하긴 어려웠을 것이다.

하지만 부재료들은 꽤 다양하게 사용했다. 가장 보편적인 재료가 소나무인 것은 이미 설명했고 잎류로는 연잎, 쑥, 음양곽이, 줄기-마디류로는 계

**조선주조사**

1935년 조선 총독부에서 주세 징수와 관리를 위해 만든 간행물. 당시 한반도 전역에서 빚던 술의 종류, 제조법, 원료, 유통 현황 등을 집대성했다. 국순당의 창업주 배상면 편역으로 2007년 한국어판이 출간됐다.

피, 붉나무 껍질, 오가피가, 뿌리류로는 당귀, 창포, 무, 산삼, 인삼이, 열매와 씨앗류는 잣, 복숭아, 구기자, 포도, 들깨, 녹두, 산수유, 산사 등이 있다. 꽃류는 진달래, 매화, 국화, 복숭아꽃, 목련꽃, 연꽃 등 100가지 꽃잎이 술에 쓰인다고 알려져 있다. 향신료에는 후추, 생강 등이 있다.

전통주에도 부재료들이 다양하게 들어가긴 하지만 서양의 리큐어처럼 잔뜩 섞지는 않았던 것 같다. 그래도 충분히 맛이 나기 때문이었을 것이다. 한국 물이 주로 연수軟水, 미네랄 이온이 적게 함유된 단물인데 비해 유럽 지역엔 경수硬水, 미네랄 이온이 비교적 많이 함유된 센물가 많아서 술이 거칠었다. 그러니 한두 가지 재료로 술맛을 내기 쉽지 않았을 것이다. 그러다가 숙성이라는 시간의 마법을 발견한 후에는 적은 수의 재료로 빚어 오래 숙성하면서 새로운 가치를 추구하지 않았을까 싶다. 뒤에 설명하겠지만 맥주는 예외고.

한국 전통술의 특징 중 하나는 재료로 식물만 넣은 게 아니라는 점이다. 뱀, 개, 염소, 호랑이 뼈, 녹용, 사슴 머리, 새끼 양을 삶거나 고아서 즙을 내 술을 빚었다. 그중 살아 있는 개를 재료로 한 무술주戊戌酒의 주방문은 읽기도 거북스럽다. 비위가 약한 사람은 다음 〈양주방〉 구절을 건너뛰기 바란다.

피를 씻지 말고 머리와 내장만 빼고 네 동강이
내어 독에 넣고, 쌀 1~1.5말 고두밥 지어 물 없이
누룩 섞어 독에 함께 넣는다. 독 전체를 새끼로
단단히 싸매고 두꺼운 기름종이와 질소래기(용기
장독 뚜껑)로 위를 덮고 물기 없는 땅에 묻는다.
흙을 짓이겨 바르고 긴 작살을 독 사면 땅에 박아
바람벽으로 삼는다. 다음 해에 먹는다.
개 세 마리가 1제이니, 3년 연속 빚어 먹는다.
원기를 보하고 노인에게 좋다.

– 김재형, '한국술 고문헌 DB'


해외에도 간혹 식물 외의 것으로 빚은 술이 있다. 용설
란에 붙어 사는 유충이나 전갈이 들어간 멕시코의 메스칼
mezcal, 붉은 개미를 증류한 앤티 진anty gin 등이다. 하지만 개
나 사슴, 양 같은 큰 동물로 술로
빚는 전통은 드문 것 같다. 우리 조
상들은 술을 보양식으로 생각했
던 것 같다.

**메스칼**

용설란(agave)으로 빚은 멕시코의 증류주.
메스칼 중에서 '블루 아가베'라는 용설란을
재료로 만든 것이 잘 알려진 '테킬라'다.
모든 테킬라는 메스칼의 일종이지만,
모든 메스칼이 테킬라인 것은 아니다.

동물을 포함해서 이 모든 부
재료들을 실험할 수는 없다. 술 박람회에 가서 수많은 술
들을 시음해 보고 음식점에서 식사를 할 때에도 음식에
들어간 재료들을 씹으면서, 이걸 과하주에 넣으면 어떤 향

미가 날까 상상해 보는 습관이 생겼다. 그러려면 부재료를 넣지 않은 과하주의 향미도 알아야 하니, 부재료를 넣은 버전과 넣지 않은 버전을 동시에 만들어서 비교해 보기도 했다.

그렇게 해서 부재료 목록을 작성하고 하나씩 실험해 나갔다. 다음은 내가 과하주에 넣어 본 부재료다.

방아잎, 애플민트, 루콜라, 바질, 솔잎, 송순, 알로에, 창포, 헛개나무, 약쑥, 딸기, 복숭아, 망고, 오렌지, 레몬, 유자, 산사, 산수유, 꾸지뽕, 뇌명실, 오디, 오미자, 산미나리씨, 고수씨, 정향, 계피, 팔각, 육두구, 사프란, 카더몬, 바닐라빈, 매화, 송화, 다양한 홉. 세어 보니 서른두 가지다. 단독으로 넣은 것도 있고 여러 가지를 섞은 버전도 있다. 이 부재료들을 누룩과 결합하면 경우의 수는 더 늘어난다. 밀누룩, 이화곡, 설화곡, 향온곡, 향미주곡, 내부비전곡, 백수환동곡, 보리누룩을 썼으니 한 부재료당 여덟 가지 버전이 나올 가능성도 있다. 게다가 여러 누룩을 같이 쓸 때도 있고, 삼다수, 백산수, 아이리스, 정수기 물, 끓여 식힌 수돗물 등 물도 다양하다. 쌀도 여러 품종을 썼으니 대략 100가지 과하주를 빚은 셈이다. 이 중에서 몇 가지 골라, 어떻게 코리안 민트로 귀결됐는지 의식의 흐름(?) 또는 개발의 흐름을 따라 소개해 본다.

# 내가 써 본 부재료들

**방아잎**　　　상큼함과 쓴맛, 고릿한 맛의 복합적이고 강렬한 결합.

**애플민트**　　달큰한 허브 향은 살짝 감돌지만 민트 향은 나지 않는다.

**루콜라**　　　스파게티에 얹어진 루콜라는 씹으면 쌉싸름하면서 고소한 향미가
　　　　　　　나지만 과하주에서는 향미가 버티지 못하고 사라져 버린다.

**바질**　　　　허브인데도 멜론 같은 향미가 나고 쓴맛이 없다.

**알로에**　　　생알로에를 정육면체로 잘게 잘라 넣었는데 무색 무미였다.

**창포**　　　　쌉싸름한 맛이 단맛을 잡아 주기는 하나 약재 향이 단점.

**헛개나무**　　헛개나무 가지를 잘라 말린 뒤 덖어서 차로 우리면 신기하게 바닐라
　　　　　　　향이 난다. 하지만 과하주에 넣으면 그 향이 어디로 가 버린다.

**약쑥**　　　　쑥 향보다는 약재 향이 났다.

**딸기**　　　　생과일을 과하주에 쓰면 비릿한 맛이 난다는 걸 깨우쳐 줬다.
　　　　　　　복숭아와 망고도 마찬가지. 딸기 과하주는 트로피컬 음료수 같은
　　　　　　　맛이었지만 개운하게 넘어가지는 않았다.

**오렌지제스트**　달콤한 시트러스 향과 약한 쌉쌀함을 내 술맛을 보강할 때 좋다.

**레몬 제스트**　차가운 시트러스 향과 강한 쌉쌀함으로 역시 술맛 보강에 적당하다.

**유자 제스트**　오렌지 제스트보다 덜 달콤하고 쌉쌀한 맛이 더 오래간다.

**산사**　　　　산에서 나는 사과라는 평이 있을 만큼 상큼하고 가벼운 쌉쌀함이 긴
　　　　　　　여운을 남긴다.

**산수유**　　　어둡고 깊은 산미와 떫은 맛, 약재 향 때문에 다루기 어려웠다.

**꾸지뽕**　　　생과에서는 은근한 단맛과 부드러운 떫은 맛이 난다. 차로 덖은
　　　　　　　꾸지뽕으로 과하주로 빚었을 때는 청량감까지 선사했다.

**오디**　　　　단맛을 산미가 부드럽게 받쳐 준다. 하지만 생과로 과하주를 빚으면
　　　　　　　역시 비릿하다.

**뇌명실**　건포도처럼 작은 열매로 꽉 깨물었을 때 후추 향과 박하 향, 귤 껍질 같은 쓴맛, 산초처럼 아린 맛 등 복합적인 향미가 입안에 퍼진다. 계속 씹다 보면 단맛도 살짝 난다.

**오미자**　신맛, 쓴맛, 단맛, 매운맛, 짠맛이 난다고 해서 오미자(五味子)라고 불리지만 이 다섯 가지 맛 중에 크랜베리나 석류처럼 맑고 차가운 산미가 가장 강하다. 허브나 약재 향도 나서 이를 얼마나 통제하느냐가 핵심이다. 과하주와의 궁합은 좋았다.

**산미나리씨**　상큼하면서도 쌉쌀한 미나리 향미를 기대했으나 지나치게 스파이시하고 약재 향이 강했다.

**고수씨**　서양에서 진이나 허브 리큐어 같은 증류주를 만들 때 단골로 들어가는 부재료다. 하지만 과하주의 경우 비누와 약재를 섞어 놓은 강한 향미를 낸다. 너무 많이 넣어서 실패.

**정향**　18세기 인도네시아 말루쿠 제도 향료 전쟁을 유발한 향신료 중 하나일 만큼 유럽인들에게 인기 있다. 호기심에 구입했으나 뚜껑을 열자마자 치과에서 날 법한 강한 마취제 냄새가 코를 마비시켰다. 조금만 넣어도 전체 향을 지배해 버린다.

**계피**　향신료들이 다 그렇지만 계피도 잘 쓰기 어려웠다. 조금만 넣어도 달지 않은 수정과 같은 맛으로 바뀌어 버린다.

**팔각**　중국 요리에 귀하게 쓰인다는 말을 듣고 구입해 보니 마치 금형에서 찍어 낸 듯 단정한 별 모양이었다. 역시 양 조절에 실패해 약재 향이 너무 강했다. 기름진 고기의 육향을 잡는 원래 용도로만 써야 할 듯.

**육두구**　향료 전쟁을 유발한 또 다른 향신료. 술에 넣으니 향미가 너무 강해 약재와 우유의 비릿한 맛이 난다.

**사프란**　내가 써 본 것 중 가장 비싼 향신료. 난초처럼 미묘한 향미를 낸다. 조금만 넣어도 술색을 화려한 오렌지빛으로 바꿔 버린다.

**카더몬**　잣처럼 단단한 생강과 열매다. 과하주의 단맛을 잡는 것을 넘어서 매운맛으로 바꿔 버린다.

**바닐라빈**  길이가 지렁이만 한 꼬투리에서 배를 갈라 명란처럼 잔 씨들을
꺼내서 술에 넣는다. 역시 향이 너무 강해 양을 잘 조절해야 한다.

**매화**  서늘한 꽃향기에 은근한 꿀과 쌉쌀한 귤껍질 향이 감돌았지만
방향제를 마시는 것 같았다.

**송화**  소나무 특유의 민트 향이 났지만 시원하게 뻗지 못하고 약간 닝닝한
맛을 냈다. 하지만 시간이 지날수록 오래 숙성한 위스키의 향긋함이
감돌았다.

**홉**  수많은 홉들이 각자 개성 있는 향미를 띠지만 대체로 드라이한
쌉쌀함과 풍부한 아로마 향을 낸다.

# 내가 써 본 누룩들

**밀누룩**    실패가 적고 발효력이 강하며 전형적인 '술맛'을 내는 누룩. 생밀을 빻아서 디딘다. 법제가 부족하면 특유의 누룩내가 날 수 있다. 양조장에서 직접 디디거나 소율곡, 산성누룩, 진주곡자 등 시중에서 판매하는 누룩을 사다 쓰기도 한다.

**보리누룩**    통보리를 빻거나 쪄서 디딘다. 양조에는 잘 쓰이지 않는데 제주 강경순 명인이 보리누룩으로 오매기술을 빚는다. 밀보다 섬유질이 많아 묵직하고 구수한 매력이 있다.

**이화곡**    멥쌀을 빻아서 가는체에 거른 뒤 물과 섞어서 오리알 크기로 뭉친 후 디디는 누룩으로 요구르트처럼 걸죽한 이화주를 만들 때 사용한다. 술 빛깔이 곱고 산미가 있는 깨끗한 술이 탄생한다.

**내부비전곡**    조선 시대 궁중에서 비밀리에 전수된 누룩이라는 뜻이다. 밀가루 60, 기장 23, 껍질 제거한 녹두 17 비율로 제조된 한영석 명인의 누룩을 썼는데 밀보다 섬유질이 많아 술술 넘어가기보다는 묵직하고 구수한 풍미가 강했다.

**설화곡**    멥쌀을 빻고 가는체에 거른 뒤 네모난 판에 넓게 펼쳐서 띄우는 누룩이다. 류인수 한국 가양주 연구소장이 발명한 누룩으로 '서울양조장' 등에서 쓴다. 전통 누룩 특유의 쿰쿰함이 거의 없고, 화이트 와인처럼 투명하고 매끄러운 술이 나온다.

**향온곡**    주로 밀과 녹두로 디디는데 '화왕산성'의 향온곡의 경우 통밀과 녹두, 보리가 33퍼센트씩 들어갔다. 조선 왕조의 술 제조 기관이던 사온서에서 임금을 위해 만든 향온주의 누룩이었다.

**향미주곡**    찹쌀 8, 녹두 2의 비율로 디딘 누룩으로 당화력이 우수하고 술에서 천연 단맛이 강하게 난다. 나는 한영석 명인의 향미주곡을 썼다.

**백수환동곡**    껍질을 제거한 녹두와 찹쌀이 반반씩 들어간다. 녹두는 반쯤 익힌 뒤 갈고 찹쌀은 생쌀을 갈아서 한데 섞는다. 술의 목 넘김이 부드럽다.

# 멀리서 온 바닐라빈을 넣었으나

15

세계에서 가장 비싼 3대 향신료가 사프란, 카더몬, 바닐라빈인 것은 〈술 취한 식물학자〉를 읽고 처음 알았다. 비싸니까 뭔가 특별한 향미를 내지 않을까 기대하고 주문했다. 다 한국에서는 나지 않기 때문에 해외 직구를 하거나 해외 직구 대행사로부터 구했다.

이 중 사프란이 가장 비싼데 향미보다는 희소성 때문인 것 같다. 가을에 두 주 동안 보라색 꽃이 단 한 송이 피는데 꽃잎을 벌리면 붉은 암술머리가 세 갈래 나온다. 이를 말려서 실처럼 가공한 향신료를 사프란 스레드saffraan thread라고 한다. 사프란 스레드 단 1온스28그램 남짓를 얻으려면 무려 4,000송이가 필요하다고 한다.

실제 보니 작은 통 안에 붉은 암술머리들이 가는 실처럼 엉켜 있다. 난초 향처럼 뭔가 미묘한 냄새가 난다. 씹어 본다. 단맛도, 신맛도, 쓴맛도 어느 하나 강하지 않고 중성

적이다. '샤프란'이라는 브랜드 탓에 섬유 유연제 향이 나는 것 같다. 가격 때문에 실제 사프란이 들어가진 않겠지만 이미 선입견에 사로잡혀 버렸다. 술에서 섬유 유연제 향이 나면 어떡하지? 걱정만 하고 있을 순 없으니 일단 증류주에 침출한다. 유리병이 오렌지빛으로 물든다. 나중에 색을 낼 때에는 유용할 것 같긴 한데 아직 과하주에 넣기가 망설여진다.

카더몬은 잣처럼 작은 열매다. 단단한 꼬투리를 일일이 손톱으로 벗겨서 씨앗을 꺼내야 한다. 괜히 생강과에 속하는 식물이 아니다. 맵고 강해서 다른 향미를 다 잡아먹는다. 부재료로 카더몬만 쓰기는 어려울 것 같다. 유럽산 리큐어에 많이 쓰이긴 하지만 다른 부재료들의 향미를 보완하는 조연으로 아주 소량 넣지 않을까.

가장 기대가 컸던 향신료는 바닐라빈이다. 나는 바닐라 맛 초콜릿이나 아이스크림도 좋아하지만 바닐라 향 술을 특히 즐긴다. 미국의 와인 브랜드 '브레드 앤드 버터'에서 부드럽고 미끈하며 풍부한 바닐라 향이 난다. 바닐라빈을 넣은 것은 아니고 오크 통에서 숙성할 때 바닐라 향이 우러난 것이다. 노골적으로 바닐라빈을 넣은 내 술은 바닐라 향이 얼마나 풍부할까?

바닐라빈 포장을 뜯자 지렁이 육포 같은 꼬투리들이 들어 있다. 그도 그럴 것이 '껍질'을 뜻하는 라틴어 '바지나

vāgīna'에서 유래해 스페인어로 '꼬투리'를 뜻하는 '바이나 vaina', 바닐라 나무와 열매를 가리키는 '바이니야vainilla'를 거쳐 지금의 영단어 '바닐라vanilla'가 되었다. 곱은 손으로 문구용 칼을 잡고 꼬투리의 배를 수직으로 가른다. 양쪽 가장자리를 잡고 벌려서 명란처럼 작은 씨들을 끄집어낸다. 꼬투리에 기름기가 있어 미끄럽다. 가르기도 쉽지는 않다. 하지만 이 꼬투리를 만드는 수고에 비하면 아무것도 아니다. 원래는 아무런 향이 나지 않는 바닐라 콩을 삼베 주머니로 싸서 뜨거운 물에 담갔다 꺼내기를 반복한다. 햇볕에 펼쳐 말리고 밤에는 검은 천으로 싸서 보관하기를 9개월. 노란색이었던 바닐라 콩이 흑갈색으로 변하면 그 안에서는 '바닐라 캐비아'라고 불리는 흰색 결정들이 바닐린 vanillin을 생성하는 효소를 품는다.

내 손에 들어온 바닐라빈은 멀고 먼 우간다에서 왔다. 원래 바닐라빈은 멕시코에서만 재배됐다. 스페인이 멕시코를 정복한 이후 유럽에 전파됐고 영국의 엘리자베스 여왕이 이 맛에 반해 모든 음식에 바닐라빈을 넣으라고 한 게 알려지면서 수요가 폭발했다. 그러자 시간이 오래 걸리는 운송 대신, 아예 나무를 가져와서 키운 후 수확하면 어떨까 하는 엉큼한 생각을 했지만 기후가 맞지 않아 열매가 열리지 않았다. 영국은 바닐라 나무를 인도양 마다가스카

르섬으로 가져갔다.

　제국주의가 침탈한 게 사람만은 아니었다. 식물 역시 무력하게 낯선 땅으로 강제 이주되곤 했다. 영국은 1800년대에 무역 역조를 유발하는 중국 차를 값싸게 재배하기 위해 식민지였던 실론<sup>현 스리랑카</sup>, 인도의 아삼과 캘커타<sup>현 콜카타</sup>에 중국산 차나무를 옮겨 심었다. 영국으로 가져가는 동안 변색을 막기 위해 찻잎을 쪘는데 많이 알려져 있듯 이것이 홍차의 기원이다.

　커피도 유럽 것이 아니었다. 에티오피아가 원산지다. 커피가 유럽으로 소개된 뒤 인기를 끌자 1700년대 네덜란드와 프랑스 상인들이 커피 관목을 남미 대륙 농장으로 옮겨 심었다. 커피 관목은 브라질, 콜롬비아 등 남미 대륙과 궁합이 잘 맞았다. 바닐라빈의 여행 경로는 커피와 정반대다. 아메리카 대륙에서 아프리카로 갔다. 그러나 아프리카에서도 열매가 맺지 않았다. 바닐라 꽃은 몇 시간밖에 피지 않는다. 그 짧은 시간에 벌이 수술과 암술을 오가며 꽃가루를 날라야 한다. 문제는 바닐라 꽃을 수분할 수 있는 유일한 벌이 멕시코에만 있고 아프리카에는 없었다는 점.

　의학계에서 인공 수정 방법을 찾아낸 것 같은 혁신이 1841년, 마다가스카르에서도 700킬로미터 떨어진 인도양의 섬 레위니옹에서 일어났다. 주인공은 12세 노예, 에드몽 알비우스. 그는 작은 막대기에 수술의 꽃가루를 묻혀 암술머리에 묻혔다. 막대기가 없을 때에는 그냥 자신의 손톱으로 옮겼다. 바닐라는 이 방법을 이제서야 알았냐는 듯 순순히 열매를 맺어 줬다. 이로써 바닐라 재배 지역은 아프리카뿐만 아니라 기후가 비슷한 인도네시아, 타히티, 파푸아뉴기니로 확장됐고 180여 년이 지나 서울 한 귀퉁이 좁은 작업실 부엌 도마 위에까지 올라왔다. 그리고 이제 조선 과하주 역사상 최초의 부재료로 데뷔할 예정이다. 어흠, 세계사적 맥락이 담긴 술이 나오려나.

특별히 누룩도 한영석 발효 연구소에서 나오는 향미주곡을 쓰기로 한다. 찹쌀 80퍼센트에 녹두 20퍼센트 비율로 띄운 누룩으로, 쌀누룩에 가깝지만 백수환동주에서 확인됐듯 녹두 덕분에 맛있는 신맛이 나올 것 같다. 수곡 대신 더 강력한 씨앗술을 만든다. 멥쌀 300그램에 물 1리터, 그리고 향미주곡은 600그램이나 넣는다. 쌀누룩은 당화력이 약하기 때문에 밀누룩에 비해 두 배를 넣어 준다. 누룩이 물을 잡아먹어서 손가락이 들어가지 않을 만큼 뻑뻑하다. 찹쌀 2킬로그램으로 만든 고두밥과 혼합할 때 물 1.3리터를 추가한다. 이어 술덧을 발효조 두 개로 나눈 뒤 한쪽에는 카더몬을, 다른 한쪽에는 바닐라빈 꼬투리 다섯 개와 그 안에 있던 작은 씨들을 넣는다.

나흘 뒤 맛을 보니 달지 않고 시어서, 주정을 45도로 희석한 증류주를 붓고 석 주를 기다린다. 술은 호박색을 띤다. 바닐라 향도 난다. 그런데 맛이 없다. 단맛을 감추려던 게 지나쳐 아예 없애 버렸다. 뒤에서 받쳐 줘야 할 단맛이 없으니 맛없는 술이 됐다. 바닐라 향만으로 술을 마실 수 없다는 걸 깨달았다. 간혹 단 술을 싫어하는 사람들이 바닐라 향이 괜찮다며 내 술을 마셔 주긴 했지만 무너진 밸런스를 돌이킬 수 없다. 채주한 뒤 넉 달쯤 지나 다시 마셔 보니 민트 초콜릿 맛이 난다. 그래도 맛이 없다. 멀고 먼 우간다에서 온 바닐라빈에 면목이 없다.

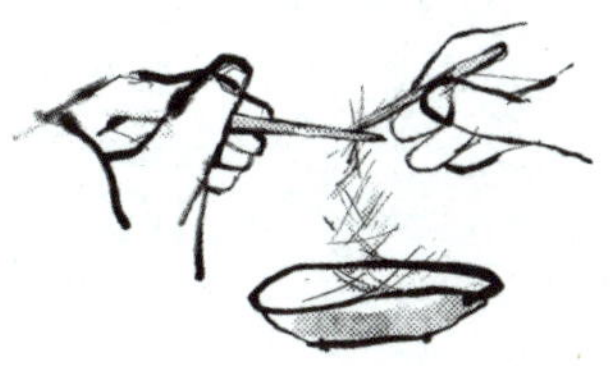

사프란은 엉킨 실을 풀 듯 한 올씩 집어 낸다.

카더몬은 꼬투리를 일일이 손톱으로 벗긴다.

바닐라빈은 꼬투리를 갈라 알갱이를 끄집어낸다.

# 열여섯 가지 방법으로 홉을 투척하다

16

독일인들은 맥주 순수령*reinheitsgebot*의 전통에 자부심이 있다. 1516년 독일 바이에른 공국의 빌헬름 4세가 공포했는데 맥주를 만들 땐 보리, 물, 홉 세 가지만 허용하는 법령이었다. 그리고 19세기에 파스퇴르가 미생물을 발견한 이후에는 효모도 추가되었다. 이 순수령이 내려온 지 600년이 훌쩍 지났다. 1993년에 일부 다른 곡물도 넣을 수 있게 됐고 상면 발효 맥주에는 발효를 위해 설탕도 첨가할 수 있도록 개정됐지만 법을 떠나 많은 독일 양조인들은 여전히 순수령을 준수하며 맥주 라벨에 'reinheitsgebot'라고 자랑스럽게 적어 놓는다.

맥주 순수령은 다른 나라 양조 문화에도 영향을 끼쳐 와인은

**맥주 공법**
액체 위에 떠오르는 효모로 발효시키는 상면 발효와 액체 아래로 가라앉는 효모로 발효시키는 하면 발효 두 가지가 있다. 전자는 비교적 높은 온도(15~25도)에서 짧게(약 두 주) 발효하며 풍부한 향과 보디감의 에일, 스타우트, IPA, 포터 등이 있고 후자는 낮은 온도(5~15도)에서 오래(1~2개월) 발효, 숙성하며 깔끔하고 청량한 맛이 특징인 라거, 필스너, 둔켈 등이 있다.

포도와 물, 효모만으로, 사케는 입국과 효모, 물, 쌀만으로 만들어야 한다는 인식이 생겨났다. 한국도 다른 것을 안 섞고 물과 누룩, 쌀로 빚은 약주가 좋은 술이라고 보는 경향이 있다. 그렇게 한정된 원료로 잘 만들어진 섬세한 술은 높은 평가를 받아 마땅하다.

16세기, 맥주 순수령 공포 당시에는 서민들의 생활을 보호하려는 목적이 더 강했던 것 같다. 1항에 밀과 호밀로 맥주를 빚지 말라 한 이유도, 재료 부족으로 빵값이 올라 서민들이 어려움을 겪었기 때문이다. 한국도 한때는 쌀 부족으로 쌀 막걸리를 금지해서 밀 막걸리만 마셨다. 여기에다 당시 독일에서는 맥주 불순물 문제가 심각했다고 한다. 숯검정, 분필 가루, 닭 피, 독버섯, 황소 담즙 같은 것도 넣었다고 하니 맥주 순수령은 백성들의 건강과 생활을 지키기 위해서였음을 알 수 있다. 2항은 맥주 가격을 올려서는 안 된다는 내용이니 그 취지가 명확하다.

독일 바깥에서는 맥주에 다른 원료들을 사용하면서 혁신이 일어나는 동안 독일은 이 순수령에 가로막혀 뒤처졌다는 비판도 나온다. 독일 젊은 층에서 개성 있는 해외 수입 맥주를 선호하는 현상도 있고 헤페바이젠 같은 밀 맥주도 인기다. 하지만 맥주 순수령 준수가 여전히 대세다.

필수 원료만으로 술을 맛있게 만들 수 있다면 양조 비

용도 줄고 품질 관리도 쉬워진다. 과하주는 불과 사흘에서 이레 사이에 발효해야 해서 쌀과 누룩만으로 풍부한 향미를 내기란 쉽지 않다. 그래도 기초부터 배운다는 생각으로 쌀, 물, 누룩만으로 과하주를 빚기로 했다. 대신 누룩에서 변화를 줬다.

처음 시도한 것은 당연히 가장 기본적인 밀누룩이었다. 하지만 느끼한 맛이 나서 곧바로 바꿨다. 향온곡이었다. 고려 시대에는 양온서良醞署, 조선 시대에는 사온서司醞署라는 기관을 두고 국가 제례에 쓰거나 왕이 마실 술을 제조했었다. 사온서에서 디딘 이 향온곡으로 향온주香醞酒를 빚어 임금에게 바쳤다. 어주御酒에 쓰이던 누룩을 이제 누구나 제조하고 술로 빚을 수 있는 시대가 됐다. 조선 시대에 향온곡으로 과하주를 만들었다는 기록은 없다. 이제 그 귀한 누룩으로 과하주를 만들어 보자.

향온곡은 밀과 녹두만으로 디딘 누룩을 뜻하지만 나는 통밀과 녹두에 보리가 고르게 33퍼센트씩 들어간 화왕산성 것으로 정한다. 개성 강한 세 가지 원료가 합쳐지면 어떤 시너지가 날지 궁금하다. 백수환동주에서 느꼈듯이 녹두에서는 풋사과 같은 향미가 느껴진다. 통밀에는 일반 밀에는 없는 식이섬유와 비타민, 미네랄, 항산화 물질이 있는데 지방 함유량이 높으니 고소한 풍미가 날 것 같다. 보리는 서양 술의 기본 원료 아닌가. 쌉쌀하면서도 꽃향기를 머금고 있을 같다. 그 세 가지가 과하주 특유의 단맛에 결합하는 것이다.

향온곡만으로 과하주를 빚기 전에 향온곡에다 뇌명실을 넣어 봤는데 쌉싸래하면서도 달콤하고, 달면서도 신 괜찮은 술이 나온 적 있었다. 그런데 뇌명실 향이 워낙 강해서 향온곡의 영향을 잘 알기 어려웠다. 부재료 없이 향온곡으로만 빚으면 어떨까 싶어서 양조한 결과, 호박색 흑맥주를 닮은 과하주가 나왔다. 달지는 않고 신맛도 쓴맛도 골고루 나는데 통밀과 녹두, 보리, 그리고 원료인 찹쌀 향미가 조화를 이뤘다기보다는 서로 충돌해서 맛이 날카로워졌다. 숙성되면 달라질 것 같기는 한데 그대로는 좋은 과하주가 아니었다. 나중에 알았지만 전통주 양조 회사인 '화양'에서 출시한 풍정사계 하가 바로 향온곡 과하주였다. 밀 90퍼센트, 녹두 10퍼센트의 비율에 보리는 들어가지 않은 향온곡으로 빚었고, 그 술의 맛은 부드러웠다.


조선 시대 왕실에서 비밀리에 전해 내려온 다른 누룩이 또 있다. 내부비전국內府祕傳麴이다. 오늘날엔 한영석 발효 연구소에서만 만드는 것 같다. 밀과 기장, 껍질 벗긴 녹두를 60 대 23 대 17 비율로 섞어 발로 디딘다. 지금까지 볼 수 없었던 기장이 처음 등장한다. 무슨 맛이 나올까. 과하주로 만들어 보니 레몬 빛깔을 띤다. 입자감이 적어서 가볍게 목을 넘어가는데, 톡 쏘는 것이 독하다. 주당들이 좋아할 맛이지만 내가 원하는 밸런스는 아니다.

복합 원료 누룩을 쓰니 각 원료들의 영향을 파악하기가 어려워서 다시 단일 재료 누룩으로 전환한다. 먼저 쌀누룩. 멥쌀로 디딘 한영석 발효 연구소의 이화곡과 한국 가양주 연구소 류인수 소장이 제조법을 개발한 멥쌀누룩 설화곡으로, 다른 부재료는 넣지 않고 각각 과하주를 만들었다. 결론부터 얘기하자면, 원하는 술이 안 나왔다. 단맛은 확실히 약한데 좀 심심하다.

이제는 마지막으로 보리 차례. 보리누룩은 당화력은 좋은데 효모가 적어서 발효가 잘 안 될 수 있어서 밀누룩과 1 대 1 비율로 섞어 썼다. 짙은 올리브그린 빛깔 술이 나왔다. 위스키 같은 향미가 나고 단맛과 쓴맛의 밸런스도 좋다. 하지만 뭔가 킥이 없다. 보리의 쓴맛이 단맛을 보완하는 효과는 확인했지만 좀 더 입과 혀를 사로잡는 향미가 더해지면 좋을 것 같다.

홉이 혹시 구원 투수가 될 수 있지 않을까 하는 생각이 이때 떠올랐다. 이제 누룩만으로 술을 빚는 것은 진짜 장인에게 맡겨 두고 맛을 구원할 부재료를 투입하는 것으로 선회한다. 전통주에 서양 맥주의 주원료를 넣는 게 치트키처럼 여겨질 수 있지만 한국 술을 세계화하려면 친숙한 향미로 그들을 끌어들이는 것도 필요하다고 합리화해 본다. 홉을 넣었다고 해서 과하주의 정체성을 잃는다고 생각지 않는다. 오히려 모든 것을 품을 수 있는 과하주의 포용성을 입증할 것이다(잘만 나온다면).

홉을 넣은 전통주 사례가 있다. '문경주조'에서 직접 재배한 홉으로 생산하는 '폭스앤홉스'다. 막걸리에 홉을 첨가하여 만든 쌀 맥주로, 맥주와 막걸리의 특성을 결합해 홉의 향과 적당한 탄산이 느껴진다. 다만 전통주라기보다는 맥주에 가깝다. 미드로는 '술빚는호랑이'의 '호피홉'과 '세븐브로이'의 '홉파클링'이 있다. 두 술 다 홉 향은 생각보다 강하지 않지만 밸런스가 좋은 미드주다. 최근에는 '술샘'과 '제주맥주'가 협업해서 나온 '맥걸리'에도 홉이 들어간다. 입자감 강한 막걸리가 아니라 오히려 맥주에 가까울 만큼 쌉쌀하고 시원하다. 누룩을 안 쓰고 효모를 넣었다고 한다. 이들 양조장에서는 '모자이크mosaic'라는 홉을 쓴다. 이 홉은 2012년 미국 워싱턴주에서 개발된 신종 홉 품종으로 모자이크처럼 다양한 향을 낸다고 해서 붙은 이름인데 오늘날 IPA 핵심 홉으로 각광받는다.

나라별로 맥주 맛이 다른 것은 그 나라에서 재배하는 홉 차이에서 기인하는 부분이 크다. 섬세하고 부드러운 유럽 대륙산 홉과 대담하고 강렬한 북아메리카 대륙산 홉이 쌍벽을 이룬다. 미국에서도 캘리포니아, 오리건, 워싱턴 등

서부 주들이 대표적이다(동부인 뉴욕주에서도 홉을 많이 재배했지만 전염병으로 멸종한 아픈 역사가 있다).

캘리포니아주 치코에서 양조된 '시에라 네바다 페일 에일'은 크래프트 맥주개인 또는 소규모 양조업자가 전통 방식에 따라 만드는 맥주인데 1981년 3월에 첫 제품이 출시되자 라거만 알던 맥주 애호가들을 충격과 공포에 빠뜨리며, 라거에 맞서는 에일의 시대를 열어젖혔다. 맥주 평론가 조슈아 M. 번스타인은 〈맥주의 모든 것〉에서 이 아메리칸 페일 에일APA, american pale ale의 출시를 "미국 독립 혁명을 알린 총성"에 비유하며 강렬한 사건으로 평가했다.

시에라 네바다 페일 에일도 오리건주에서 재배된 캐스케이드 홉cascade hop이 없었으면 성공적인 브랜드가 되기 어려웠을 것이다. 이 홉은 쓰고 스파이시하며 꽃 향을 낸다. 맥주도 와인처럼 '테루아르terroir, 프랑스어로 '토지', '토양', 와인을 설명할 때 생산지의 자연 환경 및 그로 인한 독특한 향미 등을 아우르는 용어'가 중요한 시대로 진입했다. 아메리칸 페일 에일의 제조 방식이 영국의 인디아 페일 에일IPA, india pale ale에 뿌리를 두지만 서로 맛이 다른 것도

### 에일 맥주

18세기 영국에서 맥아를 볶는 새로운 기술이 개발되면서 기존 맥주보다 밝은 구릿빛 '페일' 에일이 탄생했다. 영국에서 인도로 맥주를 보낼 때, 천연 보존제 역할을 하는 홉을 대량 넣었기에 인디아 페일 에일(IPA)로 불렸다. 영국 페일 에일의 영향을 받아 벨기에 양조장들은 벨지안 페일 에일(BPA)을 내놓았고, 미국에서는 미국산 캐스케이드 홉으로 만든 아메리칸 페일 에일(APA)을 최초로 생산했다.

### 캐스케이드 홉

1972년 미국에서 개발된 품종으로, 미국식 수제 맥주, APA를 탄생시켰다. 시트러스 향의 산뜻함과 쌉싸래함이 특징이다. 반면 IPA는 묵직한 쓴맛, BPA는 풍부한 효모 향과 과일 향, 부드러운 질감이 난다.

단순히 말하자면 그 나라 땅에서 자라는 홉의 차이다.

홉은 덩굴 식물이어서 높은 울타리도 쉽게 넘어가 버릴 정도로 훌쩍 자란다. 암꽃 무리인 방울들을 따서 말린 뒤 분쇄하여 콩알 반쪽만 한 알갱이로 뭉쳐 사용한다. 그러니 (당연하게도) 홉에서는 꽃 향이 난다. 핵심 성분은 알파 산과 베타 산이다. 두 산의 비율이 맛을 좌우한다. 알파 산이 많으면 쓴맛이 높아지고 베타 산이 많으면 향이 풍부해진다. 유럽 홉은 베타 산 비율이 높은 편이고 미국 홉은 그 반대다. 이 비율을 따져 비터링 홉bittering hop, 아로마 홉aroma hop, 듀얼 퍼포스 홉dual purpose hop으로 분류한다. 듀얼 퍼포스 홉은 쓴맛과 풍부한 향이 균형을 갖춘 홉이고, 캐스케이드 홉 품종은 아로마 홉에 해당한다.

우리나라에 수입되는 홉만 해도 수십 종이다. 과하주의 단맛을 상쇄하면서도 풍부한 향미를 내고 싶은 마음에 맥주 혁명을 연 그 캐스케이드와 시트라citra, 모자이크, 심코simco, 애머릴로amarillo, 센테니얼centennial 같은 듀얼 퍼포스 홉들을 주문했다. 여기에 홉의 원조라고 할 수 있는 체코 홉 사츠saaz와, 뉴질랜드 홉 넬슨 소빈nelson sauvin을 추가했다.


맥주 양조에서 홉을 넣는 것을 호핑hopping이라고 하는데 쓴맛을 조절하는 네 가지 기법이 있다. 알파 산은 오래 끓일수록 쓴맛이 강화된다. 비터 호핑bitter hopping은 60분,

플레이버 호핑flavor hopping은 10분에서 30분 정도, 아로마 호핑aroma hopping은 5분 정도 끓인다. 드라이 호핑dry hopping은 다 끓인 후 식힌 맥아즙에 홉을 넣는다. 쓴맛은 거의 추출되지 않고 향과 풍미만 강화되기 때문에 최근 드라이 호핑이 각광받고 있다.

과하주를 빚기 위해 찹쌀을 찔 때 이 원리를 적용하면 첫째, 홉을 같이 넣어서 찌거나 둘째, 찌는 중간에 넣거나 셋째, 다 찌고 뜸 들일 때 넣거나 넷째, 다 찐 고두밥을 식힌 뒤 넣거나다. 드라이 호핑법을 확장해서, 발효가 끝난 숙성 단계에서 넣을 수도 있다. 실제 숙성 중이던 밀과 보리누룩 과하주에 시트라 홉 알갱이들을 집어넣어 봤다. 두 주가 지난 뒤 술은 연녹색으로 바뀌었고 한 모금 마시자 단맛과 쓴맛이 조화로우면서 피니시에서 시트러스 향이 올라왔다. 드디어 사람들에게 권할 만한 술이 나왔다고 직감했다. 가양주 연구소에서 여과 장치를 빌려 규조토를 넣고 진공으로 술을 빨아내 여과까지 한 뒤에는 더욱 깔끔해졌다.

홉의 위력을 깨닫고 기왕 만든 이화곡 과하주에도 센테니얼 홉을, 향온곡 과하주에도 모자이크 홉을 넣어서 숙성했다. 그리고 네 가지 호핑법을 구분해서 넣어 봤다. 모두 평균 이상의 향미를 냈지만 결론은 드라이 호핑으로 충분하다는 것이었다. 이밖에도 밀누룩, 향미주곡 등으로

각각 과하주를 빚으니, 냉장고는 열여섯 가지 홉 과하주로
가득 찼다. 내친 김에 국산화 가능성을 타진하기 위해 국
내산 홉으로 과하주를 만들어 보았으나 아쉽게도 향미가
부족했다.

맥주 순수령의 길을 따라가다 먼 길을 돌아 한국 전통
주와 서양 대표 재료의 만남으로 귀결됐다. 동서양이 합치
면 새로운 가능성이 열린다는 사실을 확인했다고나 할까.

# 방아잎에서 길을 찾다

17

홉 과하주는 좋았지만 실험을 계속했다. 그래도 한국에서 나는 부재료로 맛있는 과하주를 빚을 수 있다면 더 좋을 것 같았다. 상주 '너드 브루어리'의 '너드 바질 막걸리'에서 힌트를 얻어 바질을 넣어 보고, 파스타, 피자에 얹어 주는 루콜라도 넣어봤다. 애플민트와 헛개나무 열매, 딸기, 고수씨, 산미나리씨, 계피, 약쑥 등도 넣어 봤지만 신통치 않았다. 방아잎도 그렇게 닥치는 대로 해 보던 시기에 시도한 풀 중 하나였다.

방아는 꿀풀과의 다년생 식물로 한국, 대만, 러시아, 베트남, 일본, 중국에 분포한다. 일본과 중국에서는 약재로 쓰고 한국에서는 주로 음식에 사용한다고 한다. 한자 이름은 배초향이다. 향으로 다른 풀들을 다 압도하기 때문에 그런 이름排, 밀칠 배이 붙었다는 설이 있다. 영어 이름이 코리안 민트Korean mint인 걸 알고는 마치 운명처럼 느껴졌다. 세계로 뻗어 나가는 한식에 페어링할 수 있는 술을 만들겠다는 꿈이 있는데, 방아잎으로 빚은 술이 잘 나온다면 술 이름은 고민하지 않아도 된다. 코리안 민트다. 세계 곳곳에서 "코리안 민트 주세요!"라고 주문하는 환청이 울린다. 한국 술을 빚겠다는 명분에 이만큼 어울리는 풀은 없다.

원래 먹어 본 적 있지만 전통주 전문 한정식을 하는 식당, '디히랑'에서 방아잎을 재발견했다. 어렸을 때 외할머니가 해 주신 음식이라며 신재은 오너 셰프가 내온 부침개였다. 한국 가양주 연구소 식구들과 만나 내가 만든 백수환동주와 송화 과하주를 선보이던 자리였다. 방아잎 부침개를 한 입 베어 문 순간 박하의 청량감이 화하게 퍼지면서 감초의 부드러운 달콤함이 입천장을 쳤다. 시트러스 향미까지 더해져 상큼하기까지. 다만 쌉쌀한 뒷맛에 거부감이 들려는 찰나 금세 목구멍으로 넘어갔다. 풀 하나로 어떻게 이런 복합적인 향미를 냈을까 싶어서 그 자리에서 방아잎 과하주를 만들어 보겠다고 선언했다. 이렇게 해야 실천하니까.

생선 매운탕이나 추어탕의 비린 맛을 잡는 방아잎의 강력함으로 과하주의 단맛을 잡아 볼 요량이었다. 나중에 알고 보니 경상도 어느 양조장에서도 크래프트 맥주를 생산할 때 방아잎을 쓴 사례가 있었다. '태평양조', '호피홀리

데이', '주든'이 사랑방 프로젝트로 진행한 '사랑방: 금정방아'와 '안동브루잉컴퍼니'에서 만든 '석복'과 '무량수', 그리고 방아잎을 활용한 칵테일도 있다. 그중 마셔 본 석복에서는 방아잎보다는 함께 넣은 고수씨의 향이 더 느껴졌다. 전통주에 방아잎을 넣은 사례는 찾지 못했다. 아마 그런 시도는 있었을 것이다. 2024년 말 기준 국내 양조장이 1,500여 개나 되기 때문에 무엇이든 상상할 수 있는 건 이미 다 쓰였을 가능성이 크다.

방아잎이 달콤하고 상쾌한 바질 향을 내는 이유는 전체 정유 성분의 80퍼센트인 휘발성 물질, 메틸 차비콜의 영향이다. 여기에 아네톨이 달콤한 향을, 아니스알데히드는 부드럽고 따뜻한 향을, 리모넨 및 리날로올은 상쾌한 시트러스 계열 향을 더한다. 거부감이 들 수 있다고 느꼈던 향은 로즈마린 산이었던 것 같다. 여기에 쓴맛 계통 흙 내음과 약초 특유의 풀 내음도 난다.

술이 건강에 좋다고 떠벌리려는 뜻은 아니지만 마지막으로 덧붙이면 방아잎의 따뜻한 성질과 향은 소화 효소 분비를 촉진하고 위장 기능을 활성화하여 소화 불량, 더부룩함 등을 완화한다. 더불어 폴리페놀, 플라보노이드, 로즈마린 산 등은 항산화 작용과 염증 억제 효과를 제공하며 잎에서 추출되는 면역 물질은 사이토카인을 활성화해 항균 및 살균 작용을 하고 면역력을 강화한다. 리모넨과 리날

로올은 신경 안정과 진정 효과를 제공하여 스트레스와 불안을 줄이고 수면의 질을 개선하며 뇌 건강에도 좋다고 알려져 있다. 하지만 이 모든 효과보다 알코올 섭취의 부작용이 더 크다는 게 의사들의 얘기이니 참고하시고.

잎류를 부재료로 쓸 때 고민은 두 가지다. 하나는 그대로 쓸지 말려서 쓸지, 다른 하나는 어느 시점에 넣어야 향을 잘 살릴 수 있을 것인가. 참쑥이나 민들레잎은 말려서 쓰고 솔잎이나 연잎은 말린 것과 생것 모두 쓴다. 나는 방아잎을 생으로 쓰기로 했다. 말린 방아잎도 구입해 봤는데 흙냄새와 고릿함이 강해서 엄두가 나지 않았다. 그리고 찹쌀에 방아잎을 같이 넣어 고두밥을 찌는 것으로 결정했다. 향이 너무 강하니 조금 순화하는 효과를 기대했다. 남은 고민은 잎만 쓸 것인지 줄기도 같이 쓸 것인지였다. 이것도 역시 내 성격대로 정했다. 그냥 편하게, 줄기에 붙은 잎 그대로 넣어서 찌는 걸로. 실제 줄기에서 강한 향이 난다.

재료는 찹쌀 2킬로그램, 삼다수 1리터, 앉은뱅이밀누룩 200그램, 방아잎 105그램, 41도 증류주 2.1리터. 향온곡, 내가 디딘 앉은뱅이밀누룩, 시중에서 파는 밀누룩인 소율곡으로 세 종류 과하주를 만들었는데 여기에는 앉은뱅이밀누룩으로 빚은 과하주를 소개한다. 앉은뱅이밀누룩 200그램과 향미에 영향을 가장 적게 미치는 삼다수 1리터

로 수곡을 만든다. 찹쌀 2킬로그램을 앞서 설명한 대로 백
세하고 물을 뺀다. 방아잎 70그램을 넣은 후 찜기에 안친
다. 찌고 나니 생각보다 향이 많이 날아가 발효 과정에서
방아잎 35그램을 더 넣어 준다. 엿새 뒤 삼다수 1,200밀리
리터와 알코올 도수 95퍼센트 주정 900밀리리터를 희석
해 알코올 도수 41퍼센트 증류주 2,100밀리리터를 만든다.
이 증류주를 붓기 전에 발효주의 맛을 보니 상쾌한 스피어
민트 향이 난다. 빛깔은 연두색이다. 물건이 되겠다 싶다.

　21일 후 술을 거르자 모두 3.6리터가 나온다. 방아잎
향이 과하거나 너무 달지 않을까 걱정했는데, 기대한 대로
단맛이 잡혔고 향은 향대로 시원하다. 그런데 풀 냄새가
강하며 상큼한 맛이 마지막까지 뻗어 가지 못하고 약간 고
릿한 맛에 잡혀 버린다. 조금 물을 타서 마셔 보니 부드러
워지긴 하는데 밸런스를 찾을 정도는 아니다. 시간을 두고
지게미를 재차 가라앉힌 뒤 맑은 술만 떠서 먹어 보니 조
금 나아졌지만 여전히 불완전하다.

　이제 평가를 받아 볼 시간이다. 총 네 차례 진행했는
데 의외의 결과가 나왔다. 류준우, 황정윤, 김옥균, 한효
승 등 같이 농구하는 후배 넷으로 구성된 1차 시음회에서
작품(?) 네 점을 선보였다. 방아잎 과하주와 창포 과하주,
이화곡을 쓴 애플민트 과하주, 딸기 과하주. 후배들은 의

외로 방아잎 과하주를 가장 선호하면서 양고기와 잘 어울리겠다는 평가를 내렸다. 그런데 모두들 주량이 과하게 세고 그날 가져간 모든 술들을 좋아했다는 점에서 심사가 치우쳤다는 생각이 살짝 들었다. 그리고 선배가 빚은 술에 맛없다고 하기 어려운 점도 감안해야 했다. 내 입맛에는 여전히 꺼림직한 향이 느껴졌다.

닷새 뒤 처남과 처남댁, 처조카를 불렀다. 바닐라빈 과하주, 창포 과하주, 밀보리 과하주, 향온곡 과하주, 딸기 과하주, 이화곡 애플민트 과하주를 시음하고 전통주 소믈리에 수업에서 하듯 A3 용지에 숫자를 적어 각자 선호하는 술과 그 이유를 적게 했다. 그런 뒤 마지막에 슬쩍 일곱 번째로 방아잎 과하주를 끼워 넣어서 소감을 물어봤다. 처남댁과 와인 공부를 많이 한 처조카는 1등으로 바닐라빈 과하주를, 처남은 이화 애플민트 과하주를 꼽았다. 그런데 마지막에 추가로 권한 방아잎 과하주를 먹어 보고는 다들 그게 가장 낫다고 했다. 다른 사람들한테도 권해 보니, 돈 주고 사 먹을 만한 술이라고 한다.


내 입맛이 이상한가? 그래도 술 만드는 사람 입맛에 안 맞으면 아닌 것이다. 여전히 풀 냄새가 강하고 상쾌한 향미가 피니시까지 버티지 못한다고 느껴져 냉장고에 처박아 뒀다. 4개월 여가 지난 뒤 와인 애호가인 두 후배와 시음회를 가졌다. 시음회용 술을 냉장고에서 고르다가 방아잎 과하주가 새삼스럽게 눈에 띄어서 고수씨, 뇌명실, 산미나리씨를 넣은 과하주와 바닐라빈 과하주를 함께 가져갔다. 이들도 방아잎 과하주를 으뜸으로 쳤다. 내 혀에서도 신기하게 풀 향이 사라지고 상쾌함이 끝까지 남는다. 단맛이 주는 끈적한 무게감도 없으니 금세 한 병을 비운다. 시간과 함께 풀 향이 사라진 것이다. 코리안 민트의 실마리를 찾았다.

# 방아잎 과하주 레시피

찹쌀 2kg, 삼다수 1L, 앉은뱅이밀누룩
200g, 방아잎 105g, 41도 증류주
2.1L(삼다수 1.2L, 95% 주정 900mL)

1　앉은뱅이밀누룩에 삼다수를 부어 수곡을 만들고
　　일곱 시간 지나서 체로 거른다.

2　찹쌀을 맑은 물이 나오도록 백세해서 세 시간 동안
　　침미한 뒤 체에 밭쳐 물기를 한 시간 동안 뺀다.

3　②를 면포를 깐 찜기에 올린 후 방아잎 70그램을
　　넣고 찐다. 방아잎은 줄기째 씻어서 물기를 털고
　　넣는다.

4　①의 수곡과 ③의 고두밥을 혼합한다. 생각보다
　　향이 많이 날아가 발효 과정에서 방아잎 35그램을
　　더 넣어 준다.

5　엿새 후 삼다수와 주정을 섞어 증류주를 만들어
　　발효주에 붓는다.

6　21일 후 술을 거름망으로 거른다.

# 역시 소나무인가

18

　한국적인 재료로 과하주를 만든다면 소나무를 더 파 봐야겠다고 생각해서 산사 열매 솔잎 과하주를 빚었다. 산사 열매, 산사춘의 그 산사 맞다. 새콤한 산미가 강하다. 방아잎 과하주와는 향미가 전혀 다른 술이다. 나는 그간 소나무를 주제로 꾸준히 과하주를 만들어 왔다. 제일 먼저 송화 과하주를, 이어 송순 과하주, 홉의 위력을 깨달은 이후엔 드라이 호핑한 홉 솔잎 과하주, 방아잎과 결합한 방아잎 솔잎 과하주, 산사 열매와 솔잎, 보리누룩을 쓴 산사 솔잎 과하주까지 빚어 본 뒤 마지막으로 밀누룩을 쓴 산사 솔잎 과하주가 나왔다.

　이 중에서 가장 좋았던 것은 송순 과하주다. 빚는 방법보다 좋은 송순 확보가 중요한 술이다. 소나무에는 왜송과 참송이 있다. 왜송이라고 해서 일본에서 건너온 게 아니라 키가 작은 소나무를 뜻한다. 송순으로 구분하자면 한 구멍에서 가지가 두 가닥 나오는 게 참송이고 세 가닥 이상 나오면 왜송이라고 하니 구멍을 잘 봐야 한다. 5월초에 참송의 송순이 30센티미터쯤 자라면 따서 물에 담가 송진을 빼낸다. 두세 번 물을 갈아 주면서 밤새 담가 놓았다가 헹궈 5분에서 10분 찜통에 쪄 떫은맛을 제거한 뒤 말려서 사용한다.

독주가라면 번거로울 것 없이 그냥 담금술에 송순을 넣고 숙성해서 마셔도 코가 뻥 뚫리는 향에 반할 것이다. 굳이 과하주로 만든다면 20일 정도 송순을 침출한 증류주를 써도 된다. 하지만 일반적인 제조법을 따라 찹쌀을 찔 때 송순을 같이 넣는다. 찹쌀 2킬로그램에 송순 100그램 비율로, 그러니까 5퍼센트 정도 넣어 준다. 잘 섞어 주고 사흘이나 닷새 사이에 45도 증류주 1.8리터를 넣으면 끝. 21일 기다리면 여과를 안 해도 될 만큼 살짝 연둣빛이 도는 맑은 술이 나온다. 맛없기가 힘든 술이다.

조상들은 오래전부터 송순주를 빚어 왔다. 향미도 좋은데 소나무가 절개를 상징하기까지 하니 주당들에게는 이만한 구실이 없다. 유교 정신에 흠뻑 젖겠다는데 누가 말리겠는가. 전북 김제에 있는 경주 김씨와 대전의 은진 송씨, 경남 함양의 하동 정씨 가문은 지금까지도 송순주 빚기 명맥을 이어 지방 자치 단체로부터 무형유산으로 인정

받았다. 하동 정씨가 만드는 '솔송주'와 솔송주를 증류한 '담솔'이 유명하다. 담솔은 우리 술 품평회에서 리큐어 부문 대상을 차지했다. 20년간 저온 숙성한 솔송주 명품 특선은 40도짜리인데 1리터들이 한 병에 120만 원이나 한다. 술을 담은 분청사기에는 입신양명을 나타내는 힘찬 궐어 문양이 새겨져 있다. 병값도 가격에 한몫할 것 같다.

솔송주는 쌀죽에 밀누룩을 넣어 밑술을 만들고 사흘 뒤 햅쌀로 찐 고두밥으로 덧술하는 이양주다. 솔잎과 송순을 따로 쪄 내서 햅쌀 고두밥과 혼합한다. 저온에서 3주 발효한 뒤 위에 뜬 맑은 술을 병입한다. 이 술을 만드는 정씨 집안 며느리, 박흥선 전통 식품 명인은 시어머니 이효의 여사한테 비법을 전수받았다. 이렇게 고부간에 제조법이 전수되기를 530년. 제사와 손님 접대용으로 쓰이던 것이 이제는 전국에서 알아주는 술이 됐다. 마셔 보고 솔향기가 안 난다고 하는 사람도 있을 만큼 은은한 향이 특징이다.

대전 은진 송씨도 세부 사항만 다를 뿐 솔송주와 비슷한 이양주 방식으로 소나무 술을 빚지만 전북 김제 경주 김씨의 '김제송순주'는 다르다. 밑술, 덧술을 송순과 혼합해 약주를 만드는 얼개는 같다. 이어 약주를 증류해 소주를 내리고 이 소주와 약주를 섞어서 알코올 도수 30도짜리 술을 만드는 점이 다르다. 발효주에 증류주를 섞는다는 점에서 과하주 방식과 유사하다. 송순주에 대한 과거 문헌을 보면 발효 후 이처럼 소주를 붓는 과하주 방식이 많이 나온다. 스파이시한 솔 향과 톡 쏘는 소주가 만나 서로 어우러지는 것 같다.

어떻게 만들든 송순주는 괜찮게 나온다. 문제는 제철이 지나면 송순을 구할 수 없다는 점. 꿩 대신 닭으로 솔잎을 써서 가을과 겨울 동안 과하주를 빚었다. 송순보다 박하 향이 강해서 어지간한 술의 약점을 덮어 버리지만 좋은 향도 덮어 버릴 수 있다.

솔잎만 넣은 과하주도 나쁘지 않지만 좀 더 향을 발전시키기 위해 두 가지 방법을 썼다. 쓴맛을 내고 아로마가 풍부한 홉과 결합하는 것, 그리고 떫은맛과 신맛이 강한 산사 또는 산수유와 결합하는 것. 첫 번째 방법에서 홉은 노블 홉noble hop인 독일 사츠Saaz를 썼다. 노블 홉은 유럽 특정 지방에서만 생산되어 말 그대로 귀족 대접을 받는 품종이다. 사츠는 체코에서 유래한 노블 홉으로 필스너나 보헤미안 라거 스타일 맥주에 쓰인다. 비터링 지수가 3.8퍼센트밖에 안 돼 쓴맛이 덜하며 섬세하고 복합적인 아로마가 특징이다.

여기까지 오는 동안 한 가지 깨달음을 얻었다. 술의 향미는 미각과 후각의 조합이다. 처음 과하주를 담글 때는 어떤 특별한 향을 낼 것인지를 생각했다. 바닐라빈을 쓰면 바닐라 향이 풍부한 과하주가 탄생할 것이다. 루콜라나 바질을 넣으면 어떨까? 애플민트나 카더몬은 어떤 향을 낼까? 계피나 팔각, 고수씨는? 국화나 매화 같은 꽃 향을 넣어 볼까? 독특한 향을 내는 부재료들을 다양하게 실험했다. 그러다 기본적인 미각 밸런스가 받쳐 주지 않으면 어떤 향을 내도 좋은 술이 안 나온다는 것을 깨달았다. 향만 진한 술은 향수를 들이마시는 느낌이랄까?

맛에는 무게가 있다. 단맛은 맑고 밝고 가볍고 서늘하고 시원한 계열이다. 쓴맛은 깊고 어둡고 탁하고 덥고 무거운 계열이다. 홉 과하주는 맛의 균형과 향이 좋지만 술술 들어가지는 않는다. 무겁다. 만약 홉 과하주에 솔잎이 발산하는 민트 향이 추가되면 무게감이 좀 줄어들까 싶어서 홉 솔잎 과하주를 빚었다. 그러나 여전히 무겁다.

단맛은 아무래도 신맛과 궁합이 잘 맞는다. 둘 다 온도에 반응하는 것도 같은 성질이다. 온도가 올라가면 단맛은 더 달아지고 신맛도 약간 더 시어진다. 반면 쓴맛이나 떫은 맛은 온도가 내려가야 더 강해진다. 식초에서 연상되듯 신맛은 가볍고 밝고 맑은 느낌이어서 단맛과 같은 계열이다. 그래서 산사나 산수유처럼 신맛이 강한 부재료로 과하주를 빚었다. 맛의 밸런스는 좋은데 이제 향이 부족한 느낌이 들었다. 그래서 시원하게 발산하는 느낌을 더하기 위해 솔잎을 함께 넣게 된 것이다. 향미를 보강하기 위해 보리누룩을 썼는데 쓴맛 계통의 복합적인 보리누룩 향은 산사나 솔잎과 썩 어울리지는 않았다. 결론은 밀누룩에 산사, 솔잎 조합이다.

산사가 우러난 술은 따뜻한 호박색을 띤다. 색감과 달리 솔잎의 쌉쌀한 민트 향이 강해서 '음, 외외인데' 하는 느낌을 준다. 입자감이 많이 약해져서 부드럽고, 마지막엔 산사의 새콤함이 살짝 묻어나며 목젖을 타고 깔끔하게 넘어간다. 한국 가양주 연구소에 여과하러 들렀다가 류인수 소장과 강수영 부원장에게 맛을 보이니 출품하면 상을 받을 만큼 밸런스가 좋다고 칭찬을 받았다. 의례적으로 한 얘기일 테지만 처음으로 출품을 생각해 보게 됐다. 내 손으로 만든 무엇인가를 대회에 출품한다는 것은 이전까지 한 번도 생각 못 한 가능성이었다. 한번 내 볼까? 말까? 계속 망설여진다. 출품하려면 나 스스로 만족할 만한 술이 나와야 한다. 산사 솔잎 과하주가 좋긴 하지만 내 입맛에는 완벽하지 않다. 아직 갈 길이 남았다.

# 아련히 사라진 꾸지뽕 과하주

19

본격적인 코리안 민트 개발기로 넘어가기 앞서 꼭 알리고 싶은 술이 있다. 궁중 술 빚기 대회에 출품할 때 끝까지 내 맘속에서 경합했던 제3의 술, 꾸지뽕 과하주. 하동 꾸지뽕 농원에서 덖은 꾸지뽕을 우리면 열매 한 알만으로도 250밀리리터 자사호중국 이싱 지역에서 나는 자줏빛 진흙의 도자기 한 통이 온통 눅진한 핏빛 찻물로 바뀐다. 말베크malbec, 레드 와인을 만들 때 사용되는 강렬한 보랏빛 포도 레드 와인보다 색이 짙다. 꾸지뽕은 달큰하고 향미도 구수한데 잡내를 없애는 효능도 있다. 맛에 대한 기대도 당연하지만 그보다는 색깔만으로도 마시고 싶은 술이 되지 않을까 싶었다. 대신 당도를 낮추기 위해 밀누룩보다 당화력이 약한 향온곡을 썼다. '정철기 향온곡'에는 밀이 80퍼센트, 녹두와 보리가 10퍼센트씩 들어 있다. 혼합하면 어떤 색깔 술이 나올까?

재료는 찹쌀 3킬로그램, 삼다수 1.5리터, 향온곡 300그램, 덖은 꾸지뽕 열매 70그램, 50도 증류주 2.32리터. 향온곡 300그램과 삼다수 1.5리터로 수곡을 만든다. 〈한국 전통주 교과서〉에 나오는 전형적인 1 대 5 비율이다. 찹쌀 3킬로그램으로 고두밥을 찌다가 마지막 10분을 남기고 덖은 꾸지뽕 열매 70그램을 넣는다. 이어 체로 거른 수곡과 잘 버무려 주고 닷새 하고도 열두 시간 지나 50도짜리 '다담 소주' 2.32리터를 섞는다. 시간이 지나는 동안 술 색깔은 노란색에서 오렌지빛으로 바뀌었다가 21일 지나 채주할 때에는 온통 검붉다. 타우니 포트와인 tawny port wine 과 비슷한 색인데 빛깔은 탁하지 않고 맑다. 숙성할수록 빛이 검어지더니 나중엔 아이스 아메리카노 같아진다. 한 모금 마셔 본다. 어라, 이런 맛이? 지금까지 빚은 수많은 과하주에서 느끼지 못한 맛이 난다. 약간 달큰하고 상큼하면서 쌉쌀하고, 시원하게 목젖을 넘어갈 만큼 청량감도 있다. 목 넘김이 가볍지만 여운은 길게 남는다. 색이 강렬해서 고릿한 향이 날 거라 예상했는데 생각보다 훨씬 부드럽다.

꾸지뽕은 뽕이라는 마지막 글자의 어감 때문에 대중성에서 많이 손해를 봤을 것 같다. 먹으면 뭔가 암모니아 냄

**타우니 포트와인**

포트와인을 오크 통에서 오래 숙성시켜 고소하고 달콤한 맛과 풍미를 내며 빛깔은 진한 황갈색으로 변한 와인. 다른 와인과 달리 포도 수확 연도가 아닌 숙성 기간을 라벨에 표시한다. 병에서 짧게 숙성한 과일 맛이 강한 붉은 빛깔 루비 포트와인과 대비된다.

새가 날 것 같다. 찌찌뽕이라는 유행어의 영향도 있어 도무지 열매 이름 같지도 않다. 생김새는 먹음직스럽다. 우둘투둘한 표면에 작은 솜털들이 돋아나 있어 큼지막한 산딸기처럼 생겼다. 먹어 보면 시큼하지 않고 달콤하며 씨가 씹힌다. 당도가 20브릭스까지 나온다고 들었다. 같은 뽕나무과인 뽕나무에서 열리는 열매는 오디라는 근사한 이름으로 불린다. 오디는 길쭉하게 늘어진 자루 형상이어서 서로 헷갈릴 일은 없다. 오디처럼 지금이라도 맛에 걸맞은 이름을 찾아 주자. '뽕'자만 빼면 어떨까? 꾸지. 명품 과일 이름으로 손색이 없다. '꾸찌'도 괜찮다. 실제 17기 최고 지도자 과정 동기인 전연희 샘이 하는 '소담 양조장'에서는 꾸지뽕으로 막걸리를 출시하면서 술이름을 '꾸찌'라고 붙였다. 역시 이 과정의 동기인 요리 연구가 이보은 샘이 지어 준 이름이다.

쿠드라니아 트리쿠스피다타cudrania tricuspidata라는, 도저히 외워지지 않는 학명은 포기하자. 그보다는 멀베리mulberry나 코리안 멀베리korean mulberry라는 영어 이름이 훨씬 낫고 가장 좋은 것은 만다린 멜론 베리mandarin melon berry라는 별칭이다. 만다린은 귤을 의미하니 귤과 멜론 맛이 나는 베리라는 뜻이다. 한결 먹음직스럽다.

꾸지뽕으로 좀 더 시도해 본다. 향온곡 대신 찹쌀 33퍼센트, 녹두 67퍼센트인 백수환동곡을 쓴다. 밀과 보리 대신 찹쌀과 녹두가 들어가면 맛이 더 상쾌해질 것 같다. 덖은 열매 대신에 생과를 쓰는 것도 맛에 변화를 줄 터다. 다만 이번에도 생과를 찌기로 한다. 되도록 이전 버전과 유사한 방식으로 빚을 셈이다. 색깔은 지난번보다 훨씬 밝다. 꽃자줏빛이 감돌다가 백일홍 같은 주황색이 된다. 그런데 맛이 비릿하다. 혹시 누룩을 바꿔서 그런 건 아닌지 해서 정철기 향온곡으로 바꾸고 똑같이 생꾸지뽕으로 빚어 보지만 역시 비릿하다.

내친 김에 오디는 어떨까 싶다. 꾸지뽕에 없는 새콤함이 오디에는 있다. 산도로 당도를 조절하는 데 적당하다. 향온곡을 썼을 땐 신맛이 없는 꾸지뽕으로도 맛있는 술이 나왔는데 여기에 신맛까지 보강하면 최상의 술이 되지 않을까? 오디에도 두 종류가 있다. 복분자주를 담글 때 슈퍼 복분자를 잘못 주문한 경험을 되풀이하지 않기 위해 '청일 오디'라는 전북 고창산 토종 오디를 주문한다. 토종 오디를 개량해서 과즙이 많고 당도가 높은 '과상 오디'라는 품종도 있다. 백수환동곡으로 꾸지뽕 과하주을 빚었을 때와 같은 방식으로 만든 결과 역시 맛이 비리다.

생각해 보면 이전 생딸기로 과하주를 빚었을 때도 만족스럽지 않았다. 생과일은 발효 시간이 짧은 과하주에 맞지 않는 듯하다. 이 실험을 통해서 재료를 어떻게 처리하느냐에 따라 같은 재료라고 해도 전혀 다른 맛이 난다는 걸 깨달았다. 꾸지뽕 열매를 차로 가공하는 방법은 하동 꾸지뽕 농원에 전화해서 물어봤다. 꾸지뽕 열매를 10분 정도 찌고 말리기를 세 번 되풀이한 뒤 볶아서 만든다고 한다. 찌고 말리고 볶는 과정에서 열이 가해지면 캐러멜 반응이 일어난다. 맥주를 만들기 위해 맥아를 로스팅할 때 다양한 색상과 향이 나타나는 것과 비슷한 원리다. 재료 가공의 중요성을 깨닫게 해 준 꾸지뽕 과하주였다.

남은 꾸지뽕을 한 번 찌고 하루 말린 뒤 바닥이 두터운 프라이팬에 덖어 본다. 꾸지뽕 열매 차의 제조 과정 단축 버전인데 과연 어떤 맛이 나올 것인가. 혹시 몰라서 차로 덖은 하동 꾸지뽕 열매도 추가 구매해 따로 술을 빚어 본다. 둘 다 비릿하지는 않다. 내가 직접 덖은 열매로 빚은 과하주는 부드럽고 향미도 괜찮은데 덖은 꾸지뽕과 향온곡으로 만들었던 것 같은 청량감은 없었다. 그래서 원래 빚은 대로 농원에서 덖어 보내온 꾸지뽕 열매 버전을 다시 빚어 봤지만 어째서인지 날카롭게 쏘는 듯한 맛이 난다. 결국 재현에 실패했다. 그 청량감은 어디서 온 것일까? 처음 꾸지뽕주를 빚었을 때에는 겨울이었다. 밖에 놔둬 기온 차가 심한 환경에서 숙성했다. 그 환경까지 맞춰서 재현하려면 다시 겨울을 기다려야 한다. 똑같은 환경에서 한다고 그 맛이 나올까? 아련히 사라져 버린 그 향미를 찾을 수 있을까? 이전의 백수환동주처럼 한 번은 잘 빚을 수 있지만 계속 잘 빚는 것은 쉽지 않다.

특별상에 빛나는 코리안 민트의 탄생

20

백수환동주 편에서 코리안 민트로 넘어가는 징검다리를 발견했다고 썼다. 녹두의 잠재력이었다. 백수환동주를 좋아하지만 백수환동곡을 구하기도 어렵고 직접 만드는 건 여간 손이 가는 게 아니다. 그래서 그냥 녹두를 원료로 넣어 보자는 생각이 떠올랐다. 누룩은 구하기 쉬운 밀누룩을 쓰고. 요행을 바라는 아이디어라 성공 가능성을 높게 보지는 않았지만 일단 해 본다. 우연히 성공했을 때의 편익이 너무 크기 때문이다.

빈대떡 원료로만 알던 녹두는 사실 조선 시대에는 귀한 곡물이었다. 특별한 누룩이라고 일컫는 향온곡이나 내부비전곡, 백수환동곡에 모두 녹두가 들어간다. 녹두를 귀히 여긴 이유는 〈동의보감〉에 나온다. 녹두는 주독酒毒을 비롯한 독 성분을 해독하고 번열煩熱, 가슴이 답답하고 열이 나는 증상과 피부병을 치료하며 종기를 가라앉히고 갈증을 그치게 하며 오장五臟을 조화롭게 하여 정신을 편안하게 하고 십이경맥十二經脈을 운행하는 효과가 있다고 설명한다.

현대 영양학적 관점에서도 녹두는 특별하다. 녹두 100그램에는 단백질 22~24그램, 필수 아미노산인 류신, 리신, 아이소류신, 트레오닌, 히스티딘이 골고루 들어 있다. 섬유질 16~17그램에다 비타민 B군, 특히 엽산이 하루 권장량을 넘길 만큼 많고 칼슘, 철분, 마그네슘, 인, 아연 같은 미네랄도 풍부하다. 이런 다양한 성분과 성질은 물론 몸에도 좋지만 향을 풍성하게 해 술에 특별한 풍미와 청량감을 더한다.


대량 양조를 할 경우에는 가격이 부담될 수 있다. 녹두는 쌀보다 여덟 배 정도 비싸다. 하지만 쌀의 10퍼센트 안팎에 들어가지 않으므로 원료비가 여덟 배만큼 더 나가진 않는다. 아주 대중적이진 않지만 지나치게 부담스럽지도 않은 가격의 술이 나올 수 있을 것 같다. 만드는 김에 하나는 백수환동주 방식으로, 다른 하나는 과하주 방식으로 만들어서 비교해 보는 거다.

재료는 찹쌀 4 킬로그램, 깐 녹두 500그램, 삼다수 2리터, 소율곡 405그램, 정수 6리터(백수환동주용). 밀누룩인 소율곡 405그램과 삼다수 2리터로 수곡을 만든 뒤 하루 지나서 체로 밀기울을 걸러 낸다. 그사이 찹쌀 4킬로그램과 깐 녹두 500그램을 씻고 물에 담가 놓은 뒤 물을 끓인다. 깐 녹두는 찹쌀보다 빨리 익기 때문에 고두밥을 20분쯤 찌다가 도중에 넣어서 함께 20분 더 찐다. 찹쌀 녹두 고두밥을 2.25킬로그램씩 둘로 나눈다. 한쪽은 백수환동주 방식으로 정수 6리터를 부어 식힌 뒤 발효조에 수곡의 절반과 함께 넣었다. 두 가지 술을 동시에 만들려니 정신이 없다. 다른 한쪽은 과하주 방식이다. 남은 찹쌀 녹두 고두밥을 헤어드라이어로 식히고 나머지 수곡과 함께 발효조에 넣어서 골고루 섞는다.

백수환동주 버전은 더 할 게 없다. 과하주 버전과 비교해 물 양이 많고 알코올 도수가 낮은 탓인지 중간에 하얀 막이 둥둥 떠다녀서 걷어 내고 30일 지나 채주한다. 과하주 버전은 닷새 후 50도짜리 '도원결의' 소주 1.9리터를 넣는다. 석 주가 지나면 채주한다. 1.9는 전체적으로 20도의 술을 만들기 위해 덧셈과 나눗셈을 써서 나온 숫자다.

아류 백수환동주는 큰 기대 없이 만들었다. 그런데 과장을 좀 하자면, 정신이 번쩍 드는 맛이었다. 아주 드라이한 화이트 와인을 좋아하는 애주가라면 '이건 뭐지?' 했을 것이다. 단맛과 쓴맛이 전혀 없다. 싱그럽고 가벼운 술 방울들이 혀 위에서 신선한 감각을 깨운다. 코스 요리에서 에피타이저를 먹고 메인 디시로 넘어갈 때 한 모금 마시면 상쾌하게 입안을 정리해 줄 것이다. 밸런스보다는 개성이 뚜렷한 술이다. 백수환동곡을 쓰지 않았기 때문에 백수환동주라 부를 순 없고 녹두와 찹쌀이 들어갔으니 녹미주綠米酒라고 하자. 백수환동주에 비해 드라이하다. 와인에도 스위트, 미디엄, 드라이 같은 다양한 버전이 있듯, 드라이한 싱그러움을 추구한다면 녹미주를 권할 만하다.

어떻게 이런 싱그러운 맛이 나는지 궁금했다. 풋사과를 한 입 베어 물었을 때 입안에 퍼지는 느낌과 유사하다. 후각적 근거는 있다. 녹두에서 발견되는 중요한 향기 물질 중 하나는 헥산알이다. '녹색, 풀 냄새, 사과, 지방성' 향을 내는 화합물이다. 트랜스-2-헥세날, 헥산알, 헥산올 같은 성분이 특징인 사과 향기처럼 '프레시 그린 노트'로 분류된다('노트'란 지속 시간에 따른 향의 변화를 가리키는 말이다. 향의 계열, 느낌, 성격 등을 분류할 때 쓰인다). 녹두와 사과 모두에 헥산알이라는 향기 물질과 다양한 알코올, 알데하이드가 있다. 녹두가 발효될 때 바로 이런 향기 물질들이 활성화되는 것이다.

〈사과 향은 없다〉의 저자 최낙언은 "사과에 사과 맛은 없다. 오직 사과 향이 존재할 뿐이다"라고 말했다. 0.1퍼센트도 안 되는 향기 물질이 이 향을 만든다고 한다. 향기 물질은 사과에만 존재하는 것이 아니다. 그래서 "사과 향은 없다"고 표현한 것이다. 곡물과 과육의 질감이 다르기 때문에 그냥 먹어서는 공통점보다 차이점이 두드러진다. 하지만 발효로 향기 물질이 활성화하면 유사성이 드러나는 것 같다. 녹두와 사과는 비슷한 향기 물질이 담긴 서로 다른 컨테이너다.

보다 놀라운 건 녹미 과하주였다. 그동안 과하주의 단맛을 상쇄하기 위해 홉, 솔잎 같은 다양한 부재료를 썼었는데 여기서 한발 나아간, 새 방법을 찾은 것 같다. 상큼함이다. 발효 기간이 닷새밖에 되지 않는데도 풀을 방금 벤 것 같은 코를 찌르는 향은 억제됐고, 물을 더 붓고 숙성하자 싱그럽고 상큼한 술이 나왔다. 스피어민트처럼 발산하는 향도 여리게 느껴진다. 막걸리나 약주처럼 전분과 누룩으로 빚는 전통주는 보디감이 너무 강하다는 약점 때문에, 앉은 자리에서 한 병을 다 비우기는 어렵다고 생각해 왔다. 단맛과 보디감을 동시에 잡는 길이 상큼함에 있는 것 아닐까? 일단 가슴이 뛴다. 지인들에게 피드백을 받을 수준을 넘어선 것 같다. 출품 가능성을 생각하던 터였는데 마침 궁중 술 빚기 대회가 열린다는 소식까지 전해 들었다.

여기에 대회 심사위원들의 마음을 강타할 마지막 한 방이 없을까 고민했다. '시트라 홉을 넣을까? 아니야. 솔잎을 넣을까? 아니야. 산사 열매를 넣을까? 아니야.', '다른 향을 덧대지 말고 여리게 느껴지는 스피어민트 향을 더 선명하게 하는 게 낫지 않을까?' 약점을 보완하는 게 아니라 강점을 강화해야 한다는 쪽으로 생각이 흘러갔고 자연스레 그 한 방은 방아잎으로 귀결됐다. 방아잎 30그램을 쪄서 거름망에 넣고 녹미 과하주에 침출한다. 두 주쯤 지나 정말 스피어민트 향이 밴 것을 확인한다. 광대무변하고 무질서한 향미의 세계에서 본인이 생각한 대로 결과가 나온다는 것은 황홀한 경험이다. 마치 신약을 개발하면 이런 기분일까. 그렇게 코리안 민트가 탄생했다. 이제 출품해도 되겠다 싶다. 과연 어떤 반응이 나올지. 자아도취의 일장춘몽으로 끝날지…… 두근두근.

보디감 또는 입자감을 더 줄이고 술을 맑게 하기 위해 여과를 하기로 한다. '광일기계'에서 보내온 감압 펌프, 삼각 플라스크 큰 것과 작은 것, 부흐너 깔때기Buchner funnel(작은 구멍이 많이 난 여과면이 가운데에 붙은 깔때기. 독일 화학자 에두아르트 부흐너에서 따온 명칭이지만 실제로 이 깔때기를 발명한 사람은 산업화학자 에른스트 뷔히너로, '뷔히너 깔때기'라고 불리기도 한다), 규조토, 필터 등을 식탁에 늘어놓는다. 가장 간단한 여과 장치와 기법이지만 기계치인 내가 해낼 수 있을지 불안하다.

규조토의 흡착력이 불순물을 빨아들이고, 규조토에 있는 작은 기공과 깔때기의 필터로 원주의 큰 입자 물질들을 걸러 내는 원리라고 한다. 감압 펌프가 공기를 빨아들이는 힘으로 술을 내리는 또 하나의 원리도 작용한다. 통상 5마이크로미터짜리 필터를 쓴다. 마이크로미터는 1미터의 100만 분의 1 크기다. 50마이크로미터인 머리카락보다 열 배나 작다. 효모가 그 정도 크기다. 재발효를 막기 위한 여과에는 2마이크로미터 필터를 써서 효모까지 다 걸러 내기도 한다. 색깔까지 빼려면 규조토 대신 활성탄을 쓴다. 사케가 맑은 이유다.

조립 시작. 감압 펌프와 작은 삼각 플라스크를 호스로 연결하고 이 플라스크와 큰 삼각 플라스크를 다시 호스로 연결한다. 큰 삼각 플라스크 위에 고무 링을 끼우고 그 사이로 부흐너 깔때기를 꽂는다. 깔때기 크기에 맞는 원형 필터를 물에 적셔 깔때기에 깐다. 조립 끝. 작은 삼각 플라스크는 술이 역류해서 펌프로 가는 것을 막기 위한 용도이고, 술은 큰 삼각 플라스크에만 담긴다.

이제 여과 시작. 스테인리스 통에 술을 붓고 규조토를 소량 섞는다. 술이 2리터면 1.5큰술 정도로, 0.5퍼센트 비율이다. 수업 시간에 처음 여과를 배울 때 원주에 규조토를 섞는 것을 보고 나도 모르게 '어?' 하는 소리를 내뱉은 기억이 난다. 술에 흙을 섞어 버리다니. 과연 맛이 괜찮을지, 아니, 못 먹게 되는 건 아닌지 의심이 들었던 것이다. 그랬던 내가 이젠 스스럼 없이 규조토를 넣고 있다. 규조토가 흰색이어서 술이 모래를 섞은 것처럼 혼탁해진다. 감압 펌프의 스위치를 켠다. 빨려 들어가는 공기 때문에 필터가 깔때기 바닥에 바짝 달라붙는 순간을 놓치지 않고, 혼탁해진 술을 붓는다. 그러면 불순물이 걸러지면서 아래 삼각 플라스크에 맑은 술이 고인다. 의심을 품었던 내 마음도 맑아진다. 이렇게 거른 술은 탁도가 줄어들고 맛도 순해진다. 스스로 구입한 장비를 혼자 힘으로 조립해 여과까지 마쳤다. 여과 전후의 술을 시음해 보니 효과가 느껴진다. 자부심이 담뿍 차오른다. 양조의 최종 과정도 혼자 할 수 있게 됐다.

혹시 몰라서 대회에는 두 종류를 내기로 한다. 하나는 방아잎 향으로 완성한 녹미 과하주. 아껴 뒀던 코리안 민트라는 이름을 붙였다. 세계화되고 있는 한국 음식에 페어링할 수 있는 술을 개발했다고 출품 취지를 써 낸다. 너무 거창해서 감점 요인이 되지 않을까 싶지만 이 이름이 무척 마음에 든다. 다른 하나는 류인수 소장으로부터 칭찬을 들었던 산사 솔잎 과하주다. 산사에서 '산'과 송엽에서 '엽'을 가져와 '산엽주'라고 이름 지었다. 전혀 다른 맛에다 전혀 다른 작명 스타일. 전문 심사 위원과 '국민 심사 위원'들이 어느 쪽에 반응할지 궁금하다. 아니면 두 술 다 외면받거나 선택받을 수도…….

결국 코리안 민트가 국민 심사 위원단 200명이 뽑은 가장 맛있는 술 6점 안에 들어가 특별상 수상작으로 선정됐다. 6점 중 누가 1등인지는 밝히지 않아서, 서로 자기 술이 1등이라고 주장하면 되는 특별한(?) 상이기도 하다. 본상은 타지 못했는데 향이 강한 술은 원래 수상하기 어렵다고 한다. 일반인이 가장 선호하는 술이었다는 것만으로도 내겐 분에 넘치는 일이다.

산엽주도 본선은 통과했지만 한 사람당 한 작품만 심사를 받는 조건에 걸려, 주최측이 더 낮다고 평가한 코리안 민트가 올라갔다. 어쨌든 출품작 119점 중 40점이 본선을 통과했는데 내가 만든 술 두 점이 다 본선을 통과했고 그중 한 점이 특별상을 받았으니, 혼자 빚고 혼자 맛있다고 자족하는 그런 수준은 벗어난 것 아닐까?

이제 더 대담한 목표를 세운다. 일반인으로 구성된 국민 심사 위원단이 가장 맛있다고 평가한 술이라면 출시해도 되지 않을까? 겁도 없이 출시를 향해 나아갔다.

술을 붓는다.

규조토를 섞는다.

감압 펌프를 켜고 깔때기에 붓는다.
플라스크에 맑은 술이 모인다.

물은 아리수

21

코리안 민트를 출시하려면 맛을 재현할 수 있어야 할 뿐 아니라 그동안 외면했던 물과 찹쌀 같은 기본 재료에도 신경을 써야 한다. 먼저 물. 과연 쓰는 물에 따라 술맛이 달라질까? 물맛이 좋아야 술맛이 좋다는 말은 의심할 여지 없는 진리처럼 얘기된다. 물 좋은 곳을 찾으려면 양조장으로 가라는 말도 있다. 하지만 당장 집을 떠나 물 좋은 양조장 근처로 이사할 수도 없고 서울에서 우물을 팔 수도 없는 노릇이다. 판다고 해도 술 빚기 좋은 물이 철철 솟구칠 가능성도 적으니 어쩌란 말인가.

와인에는 이런 얘기가 없다. 물을 안 넣어도 포도 수분만으로도 술이 된다. 양조할 수 있을 만큼 당도가 높은 포도는 유럽인들에게는 불행 중 다행이었다. 유럽 물은 술 빚기에 좋지 않다고 들었다. 석회암 지대가 많아 경도 높은 센물이 주류다. 경도란 1리터 물에 녹아 있는 칼슘과 마그네슘의 양이다. 경도가 높으면 술이 쓰고 거칠다. 칼슘과 마그네슘이 120밀리그램을 초과하면 경수, 그 이하면 연수다. 국제적으로 통용되는 기준에 따르면 60밀리그램 이하의 경도는 연수, 61~120밀리그램은 아연수, 121~180밀리그램은 아경수, 181밀리그램 이상은 경수라고 한다.

맥주는 물이 많이 들어가는 발효주로, 경수와 연수 모두 쓸 수 있다. 독일에서는 경수로 홉 향을 잡아 원료인 보리 맛을 도드라지게 한다. 아일랜드의 기네스 같은 맥주도 탄산염과 칼슘이 풍부한 경수를 쓴다. 반면 필스너 우르켈은 체코 플젠 지역 지하 100미터 깊이 우물의 연수를 써서 색이 투명하고 홉 향이 살아난다. 쓴맛이 기조인 음식의 장점이다. 어차피 쓰니, 경수로 더 쓰게 하거나 연수로 덜 쓰게 하거나 다 괜찮을 수밖에 없다. 페일 에일의 기원을 봐도 그렇다. 한때 영국 판매 맥주의 4분의 1을 공급할 정도로 양조업이 발달한 도시, 버턴어폰트렌트Burton upon Trent의 언덕 석고층에서 나오는 물에는 소금이 녹아 있고 칼슘과 황산염 비중이 높다. 이 물로 맥주를 빚으면 홉의 쌉쌀함이 배가된 맑은 술이 나온다. 조슈아 M. 번스타인은 이를 두고 〈맥주의 모든 것〉에 "현대 페일 에일의 길을 닦아 준 우연한 화학 작용이었다"라고 썼다.

한국이나 일본 물은 칼슘과 마그네슘 이온 농도가 낮은 연수다. 부드러워서 누룩과 쌀의 향을 잘 살려 준다. 물맛이 좋다 보니 물 문화가 발달하여 조상들은 물 소믈리에라도 된 듯 맛을 세심히 구분했다. 〈한국 전통주 교과서〉에 따르면 우리 선조들은 정월에 처음으로 내린 빗물인 춘우수春雨水, 청명淸明과 곡우穀雨에 받는 청명수淸明水와 곡우수穀雨水, 6월 상순부터 7월 상순 사이 매화 열매가 누렇게 익을 때 내리는 빗물인 매우수梅雨水, 국화 밑에서 솟는 국화수菊花水, 가을 이슬을 받은 추로수秋露水, 음력 한 해 마지막 날인 납일臘日에 내린 눈을 녹여 담은 납설수臘雪水 등, 물 이름만 들어도 그 절기의 서정적인 풍경이 떠오르는 물로 술을 빚었다. 그 술을 마시며 유장한 세월의 흐름을 음미했을 것이다.

각 술마다 적합한 물이 있는데 새해 첫 세 번의 돼지날에 빚는 삼해주三亥酒는 아침 해가 뜨기 전, 새벽 이슬이 내려앉은 우물물인 정화수井華水를 떠서 빚으라고 하고 창출주蒼朮酒에는 동으로 흐르는 물을 쓰라고 한다. 온갖 꽃을 넣어 빚는 백화주百花酒를 빚을 땐 강 가운데 흐르는 물인 강심수江心水나 바위 틈에서 나오는 샘물인 석천石泉을 써야 한다. 배를 저어 천천히 강 한가운데로 가서 물을 떠 항아리에 붓고 아름다운 꽃을 띄우는 몽환적 정경이 떠오른다.

물에 대한 신화는 지금도 이어져서 이름 있는 전통주

들은 대부분 물을 내세운다. 전북 완주군 모악산 기슭 수왕사 절벽에서 흐르는 석천이 한국에서 술 빚기에 가장 좋은 물이라고 수업 시간에 들었다. 이 물로 양조한 술이 식품 명인 제1호 '송화백일주'다. 경상남도 무형유산이자 식품 명인 제27호 박흥선은 지리산에서 길어 온 물로 '솔송주'를 빚고 충북 무형유산 제3호인 '송로주'는 구병산의 맑은 물로, 전남 무형유산 제25호인 '진양주'는 해남 덕정리 우물물로 빚어야 제맛이 난다고 한다. 심지어 서울에서 나오는 장수막걸리조차도 서울 시내 제조장 여섯 군데 중 성동의 물이 좋아서 가장 맛있다는 얘기가 돌았다. 그 때문에 성동에서 생산되었는지 확인하기 위해 사람들이 병 뒷면 라벨을 살펴보던 시절도 있었다.

독자적인 수원이 없는 내게는 수돗물을 끓여 쓰느냐 생수를 사다 쓰느냐의 선택만 있다. 원천적으로 불리한 환경이지만 그래도 최선의 물을 찾아보기로 했다. 좋은 물의 기준은 무미, 무취, 무색이다. 단맛이 나면 더 좋고. 〈한국 전통주 교과서〉에 따르면 수소 이온 농도는 중성인 pH7을 중심으로 8이 넘으면 떫은 맛이 강해지고 6 아래로 내려갈수록 점점 신맛이 강해진다. 술 제조에는 pH6이 적합하다. 누룩에는 젖산균이 있어서 pH를 4 정도까지 낮추기 때문에 pH가 7이어도 큰 상관은 없다. 그리고 경수보다는 연수가 좋은데 경도가 높은 '에비앙' 같은 생수를 쓰지 않는 이상 한국에서는 연수가 아닌 물이 드물기 때문에 이 역시 신경 쓰지 않아도 된다. 가장 큰 변수는 어떤 미네랄이 어느 만큼 함유돼 있느냐다. 마그네슘이나 나트륨, 칼슘은 미생물 생육에 필요하다. 하지만 많으면 쓴맛이 난다. 최소화할 필요가 있다. 철이나 동, 암모니아는 없는 게 낫다.

생수 시장 점유율이 50퍼센트에 가까운 삼다수는 찻물로도 많이 쓰이는데 경도가 가장 낮아서 원물 맛을 잘 살려 주기 때문이다. 미네랄이 제주 화산암의 촘촘한 구멍을 통과하지 못한 탓에 경도가 리터당 20밀리그램밖에 안 된다. 목 넘김은 가장 부드럽지만 미네랄이 적은 게 맘에 걸린다. 미네랄이 가장 적은 물을 쓰고 싶다면 리터당 2밀리그램밖에 안 되는 역삼투압식 정수기 물이면 된다.

미네랄 함유량을 기준으로 삼을 때 참고할 만한 일화가 있다. 일본 청주의 원조, 정종正宗, 마사무네 이야기다. 정종은 일본 효고현 고베시 나다 지역 우물물에서 시작됐다. 이 지역에서 생산되던 '정종'이 술맛으로 이름을 날리며 나다라는 지역 자체가 술의 명산지로 발돋움했다. 그런데 그 비결이 우물물이라는 사실이 알려지면서 일본 각지에서 너도나도 이 물을 길어다 쓰기 시작했다. 그런데 정종이라는 이름까지 갖다 쓰는 바람에 문제가 발생했다. 뒤늦게 상표권을 등록하려 했지만 '정종'이라는 단어는 이미 '술'을 뜻하는 보통명사나 다름없다는 판결이 나와 버렸다. 원조 제조사는 할 수 없이 벚꽃을 뜻하는 '사쿠라櫻'를 앞에 붙여 '사쿠라마사무네櫻正宗'로 상표를 등록했다. 술 이름 '정종'이 수많은 술(정종) 중 하나가 돼 버린 것이다. 한국에서는 처음부터 청주를 정종이라고 불렀다. 일본어 발음도 둘 다 '세이슈'로 유사하다. 여기까지는 다른 얘기.

유명해진 이 우물물은 궁궐에서 먹는 물이라는 뜻으로 '미야미즈宮水'로 불리며 격상됐다. 맛 비결을 파헤치기 위해 수질을 검사해 본 결과 적당히 미네랄이 섞인 경도 100 정도의 아연수였다. 칼슘과 마그네슘뿐만 아니라 칼륨, 인 등도 풍부해서 효모 발효를 촉진하고 사케를 드라이하게 만드는 성분비를 갖추었다.

한국에서 수왕사 절벽 석천을 높게 치는 것도 비슷한 이유이지 않을까 싶다. 바위 틈을 통과하면서 풍부해진 미네랄이 특별한 맛을 낼 수도 있다. 마음 같아서는 전통 명주들이 쓰고 있는 물들을 취수해서 성분 검사를 해 보고 싶다.

정종 사례에 비춰볼 때 어떤 물이 적합한지는 어떤 술을 지향하느냐에 따라 달라질 것 같다. 일본 청주는 원료인 쌀 도정을 많이 해서 단백질과 지방, 미네랄이 제거되기 때문에 상대적으로 물에서 미네랄을 보강할 필요가 있다.

한국에서 양조할 때에는 쌀 도정을 거의 하지 않고 쓰기 때문에 원료 자체에 미네랄이 함유돼 있다.

지나친 단맛을 잡기 위해 쓴맛을 강화한 과하주라면 마그네슘이 어느 정도 들어간 물이 좋을 것 같다. 그렇다고 미네랄이 풍부한 에비앙을 쓰는 것은 비용도 비용이지만 경도가 지나치다. 에비앙의 경도는 300이나 된다. 만약 비용을 생각 안 하고 미야미즈와 유사한 물을 찾는다면 경도가 110인 '피지워터'를 고려해 볼 만하다. 하지만 그 정도 경도도 필요한지 확신이 없다. 그러다 보니 피지나 프랑스에 갈 필요 없이 수돗물이 눈에 들어온다. 아리수의 경도는 58이고 수소 이온 농도는 pH7.1로 7.42인 삼다수나 7.64인 아이시스 8.0을 비롯한 다른 생수들보다 낮다. 거기다 미네랄 함유량은 리터당 35~38.7밀리그램으로 적지 않다. 리터당 34.80밀리그램인 아이시스 8.0과 유사하다. 삼다수는 13.90밀리그램밖에 안 된다. 수돗물의 위생이 걱정된다면 끓여서 쓰면 된다. 끓인다고 미네랄이 휘발되지는 않는다.

스카치 위스키Scotch whiskey 마스터 디스틸러master distiller, 위스키 등 주류의 제조와 숙성 과정을 총괄하여 브랜드 품질과 개성을 책임지는 직업 출신이면서 한국 위스키 브랜드 '기원'의 마스터 디스틸러로 일하는 앤드루 샌드Andrew Shand는 수업 시간에 "화학 처리를 했기 때문에 수돗물은 끓여도 염소 냄새가 난다"

라고 말했다. 기원이 남양주에 터를 잡은 것도 맑은 지하수를 확보하기 위해서라고 한다. 이분처럼 후각이 섬세하지 않은 나는 끓여 식힌 수돗물은 물론 그 물을 부어 빚은 코리안 민트에서도 염소 냄새는 느끼지 못했다. 아마 부재료에서 나는 향이 강해서 그런 것 같기도 하다.

생수병 라벨에는 칼륨, 칼슘, 나트륨, 마그네슘, 불소의 함유량이 표기돼 있다. 술 장인이라면 이 표를 보고 이번에는 칼슘과 나트륨이 더 들어간 물을 써 볼까 하는 식으로 생각하지 않을까 싶다. 물맛이 술맛에 미치는 영향을 내 미뢰로 식별해 낼 자신은 없지만 최적의 코리안 민트를 찾기 위해 물을 바꿔 보기로 하고, 그동안 주로 썼던 삼다수 대신 아리수를 선택했다. 아리수는 리터당 칼슘 함량이 19.9~21.6밀리그램으로 높고 나트륨은 8.8~9.9밀리그램, 마그네슘은 3.9~4.3밀리그램, 칼륨은 2.4~2.9밀리그램 순으로 들어 있다.

삼다수로 빚은 것과 비교해 보니 아리수 코리안 민트의 향미가 좀 더 복합적이고 단맛이 잘 잡혔다. 물을 끓였다가 식히는 게 성가시기는 하지만 굳이 생수를 사다 쓸 필요가 없어졌다. 연수가 사시사철 콸콸 넘치는 한국에서 술을 빚는 혜택이다.

# 다시 쌀을 찾아서

22

지금까지는 온라인 사이트나 근처 마트에서 찹쌀을 사다가 썼다. 라벨에 어떤 품종인지 안 적힌 것으로 봐서는 혼합미인 것 같다. 여러 품종을 블렌딩한 찹쌀에도 장점이 있겠지만 혼합 비율을 매번 알 수 없기 때문에 맛의 일관성을 지키기 어렵다. 출시 수준이 되려면 내 술에 꼭 맞는 품종을 찾아야 했다.

쌀은 표면이 단단하고 수분율이 낮아 저장성과 이동성이 좋다. 논에서 바로 수확해서 술을 빚으나 멀리 떨어진 곳에서 배송받아 빚으나 오래 묵은 쌀이 아니라면 큰 차이가 없다. 그래서 조상들은 쌀보다도 물의 지역 고유성을 더 강조했는지도 모른다. 테루아르를 강조하는 와인과 다른 점이다. 좋은 테루아르에서 좋은 포도가 나오고 그곳 농장에서 수확해 직접 빚은 와인이 높은 평가를 받는다. 포도는 수분율이 높고 껍질이 물러서 쉽게 상하기 때문에 이동에 취약하다. 재배지에서 바로 술 빚는 게 좋다.

이제 어떤 쌀이 술 빚기에 좋은지만 따지면 된다. '강화 섬쌀'을 썼다든지 '수향미'를 썼다든지 '여주쌀 진상미'를 써서 술맛이 좋다는 얘기들이 있긴 하다. 하지만 쌀이 주질에 얼마나 영향을 미치는지에 대해선 이견이 있다. 농림축산식품부가 2014년에 펴낸 〈탁·약주 개론〉을 보다가 순간 움찔했다. 막걸리 이야기이긴 한데, 주요 쌀 스무 품종으로 빚은 술에 대한 관능검사<sub>사람의 오감으로 식료품, 향료, 주류 등의 품질을 평가하는 일</sub> 결과표를 보니 9점 척도 중 죄다 5점 안팎이었다. 1점은 매우 싫음, 5점은 보통, 9점은 매우 좋음이니 모두 보통이라는 얘기다. 가장 높은 것이 5.98인 '온누리' 쌀이었고 가장 낮은 것이 유일한 3점대인 3.94의 '일미'였다. 나머지는 다 그 사이에 있었다. 이 책에는 "쌀 자체는 주질에 큰 영향을 미치지 않으며, 탁주와 약주 제조 공정은 매우 복잡해 주질의 좋고 나쁨은 주로 공정 관리에 의해 결정되므로……"라고 기술되어 있다.

물과 함께 전통주에 가장 많이 들어가는 원료인 쌀이 주질에 미치는 영향이 정말 적을까? 〈한국 전통주 교과서〉는 "술의 제조에 있어 술 빚기 좋은 쌀을 선택하는 것만큼 중요한 것도 없다"라고 한다. 누구 말이 맞을지 궁금해했던 양조장이 있었다. 경기도 양평군에 있는 'C막걸리'는 토종 쌀을 복원하는 '우보농장'과 첫 번째 '토종 쌀 프로젝트'를 진행했다. 우보농장이 복원한 귀도, 한양조, 백팔미, 북흑조, 멧돼지찰 등 다섯 가지 토종 쌀 품종을 사용하여, 똑같은 제조법과 부재료로 다섯 가지 막걸리를 빚었다. 그 결과 향미가 다른 다섯 가지 술이 나왔다고 한다. 쌀이 다르면 맛도 달라진다는 사실을 입증한 것이다. 고마운 실험이다. 집에서 혼자 술을 빚는 사람은 엄두를 낼 수 없는 일이다.

쌀은 생각보다 복잡한 곡물이다. 수업 시간에 관찰해보라고 해서 쌀 한 톨을 집었다. 손바닥에 올려놓고 작은 알갱이를 뚫어지게 봤지만 아무런 생각도 들지 않았다. 얼마나 투명한지, 어떤 색을 띠었는지, 어떤 냄새가 나는지, 얼마나 길쭉한지, 끝을 씹었을 때 얼마나 단단한지 살펴보며, 매일 먹는 쌀에 무관심했음을 깨달았다. 맨눈이 아니라 실험 장비로 분석할 때에는 수분율과 점도, 단백질 함량, 무기 물질인 회분 함량, 유기산의 함량과 구성, 유리당 식품 성분이나 다른 당과 결합하지 않고 분자 상태로 존재하는 당 또는 꿀이나 과일 등에 자연적으로 함유된 당분 함량 등도 측정된다. 쌀의 세계도 무궁무진하다.

쌀 한 톨은 하나의 광산이다. 껍질 층만 해도 표피와 내피로 나뉘는데 표피에는 과피果皮, 열매껍질와 종피種皮, 씨껍질, 내피에는 외배유外胚乳, 배낭 바깥 부분인 주심 조직에 양분이 저장되어 만들어진 배젖와 호분층糊粉層, 호분립을 다량 함유한 세포층이 있다. 표피와 내피를 파헤치고 들어가면 배유胚乳, 발아하기 위한 양분을 저장하고 있는 씨앗 속 조직가 나오고 더 들어가면 드디어 금광격인 전분이 나온다. 내피층 밑부분에는 배아도 있다. 이 중에서 가장 중요한 부위는 하얀 전분질 덩어리인 심백心白, 쌀알 중심부에 보이는 불투명한 백색 부분이다. 이 심백만 놔두고 다 도정한 쌀로 담그면 술맛이 깨끗해진다. 단백질, 지방, 무기 물질 등 긍정적이든 부정적이든 술맛에 영향을 미치는 요소를 다 배제하고 오로지 전분만으로 맛을 내기 때문이다. 이때 멜론이나 바나나에서 나는 과일 향을 닮은 향기 물질이 남는다. 일본 사케가 이렇게 만들어진다.

우리가 보통 밥해 먹는 쌀은 현미에서 표피와 내피, 배아를 제거한 백미다. 흔히 말하는 10분도미로, 도정률로 표현하면 현미의 8퍼센트를 제거한 92퍼센트 쌀이다. 사케는 60퍼센트 이하로 도정하면 긴조吟醸, 50퍼센트 이하로 도정하면 다이긴조大吟醸라고 부른다. 일본 청주 라벨에는 이 정미율이 표시돼 있는데 '닷사이獺祭' 양조장이 정미율 23퍼센트 술을 내놓아 인기를 끌자 쌀 깎기 열풍이 불더니 10퍼센트에 이어 8퍼센트, 급기야는 0.85퍼센트로 정미한 술까지 나왔다. 쌀 한 톨로 만들 술을 100톨로 만들어야 한다는 뜻이다. 쌀값이 100배 더 든다는 얘기다. 8퍼센트까지 도정한 닷사이를 마셔 봤는데 정말 술맛이 깨끗하고 부드러운, 밸런스가 좋은 술이었다.

일본은 아예 큼지막한 심백이 가운데 몰려 있는 양조

전용 쌀을 오래전부터 재배했다. 대표 품종인 야마다니시키山田錦만 해도 100여 년 전인 1923년에 개발됐다. 야마다니시키에도 여러 등급이 있다. 심지어 등급이 같은 야마다니시키 품종도 토양에 따라 맛이 다르다고 한다. 〈농민신문〉의 박준하 기자가 일본 '타츠리키龍力' 양조장을 방문해서 전한 기사에 따르면 돌이 많아 배수가 잘되는 땅에서 나온 쌀로 빚은 술을 '야시로'라고 하는데, 부드러운 단맛이 특징이라고 한다. 한편 점토질 땅에서 자란 쌀로 빚은 술인 '도조'는 균형감이 좋고 식감이 매끄럽다. 돌이 섞인 지력 좋은 땅에서 자란 쌀로 빚은 술인 '요카와'는 향이 진하고 산미가 강하다고 한다. 이런 이름들이 사케 라벨에도 표기돼 있다. 사케가 얼마나 세밀하게 진화했는지 보여 주는 사례다.

양조용 쌀도 고햐쿠만고쿠五百万石, 미야마니시키美山錦, 오마치雄町, 핫탄八反, 긴푸吟風, 카메노오亀の尾, 하쿠즈루니시키白鶴錦, 사케미라이酒未来 등으로 다종다양하다. 제각각 풍부한 산미, 깊고 복잡하거나 맑고 상쾌하거나 우아하고 잔잔한 향미를 표방한다. 어떤 향미를 구현할지에 따라 쌀을 고를 수 있다는 얘기다.


우리는 그냥 주식으로 먹는 백미로 술을 제조한다. 이 쌀은 전분이 뭉쳐 있지 않고 퍼져 있기 때문에 투명하다.

심백이 불분명해서 많이 깎는다고 해서 전분질만 남으리라는 보장도 없다. 양조용 쌀로 농촌 진흥청과 국순당이 함께 개발한 '설갱미雪粳米'(일반 쌀보다 희고 불투명하며 단백질 함량이 적어 술 빚기에 적합하다)가 개발돼 '백세주'에 쓰이긴 하지만 재배 농가가 적어서 구하기도 어렵다. 그리고 멥쌀이다. 일본 양조용 쌀도 다 멥쌀이다. 과하주는 찹쌀이 기본이다. 그렇다면 찹쌀의 특성을 잘 살리는 것이 결국 우리가 나아갈 길 아닌가 싶다.

찹쌀이 달고 질어서 멥쌀보다 전분질이 많을 거라고 생각했는데 그게 아니라는 사실뿐만 아니라 분자 배열 구조가 빚어내는 오묘함도 깨달았다. 전분질은 단당인 포도당이 뭉쳐 있는 다당류이다. 처음 들어보는 아밀로펙틴, 어디선가 들어본 것 같은 아밀로스 두 종류가 있다. 앞에서도 여러 번 언급한 '당화'가 바로 이 다당류를 잘라서 포도당으로 만드는 과정인데 아밀로펙틴이 아밀로스보다 훨씬 자르기 좋다. 포도당과 포도당이 아밀로스처럼 일직선으로 연결돼 있지 않고 중간에 나뭇가지 모양으로 여러 갈래 갈라져 촘촘하지 않기 때문이다. 그 사이로 뜨거운 물이나 김이 침투하면 훨씬 물렁해진다. 이 과정이, 역시 앞에서 설명한 '호화'로, 효소인 누룩곰팡이가 그 사이로 들어가 가위질을 시작해 다당류를 포도당으로 분해하고 포도당이 많아지면 단맛이 강해진다. 멥쌀은 아밀로스 20~30퍼센트에 아밀로펙틴 70~80퍼센트로 이루어진 데 비해 찹쌀은 아밀로펙틴이 거의 100퍼센트여서 포도당으로 잘 분해된다.

찹쌀에도 생각보다 종류가 많다. 각 찹쌀 품종이 맛에 미치는 영향을 분석한 논문도 있다. 농촌 진흥청 국립 식량 과학원과 충남 서천군 농업 기술 센터가 협업해 연구한 "찰벼 품종에 따른 소곡주의 품질 및 기호도 변이"(2010)다. 저자들은 이 논문에서 "와인이 포도 품종에 따라 분류되고 품질이 결정되는 것에 반해 우리 전통주는 기본 원료인 쌀 품종 영향에 대한 연구가 극히 드문 것이 현실"이라고 연구 취지를 밝혔다. 절대 공감한다.

소곡주小麯酒는 단맛과 신맛이 잘 조화되는 술로 이른바 '앉은뱅이 술'의 원조다. 충남 서천군 한산 지역에서 백제 시대부터 빚어 왔다고 현지 주민들은 말한다. 집집마다 레시피에 차이가 있어서 논문 연구진은 그중 하나를 골라, 밑술할 때 멥쌀 2, 덧술할 때 찹쌀 8의 비율로 실험했다. 2008년에 재배된 동진찰벼, 보석찰벼, 신선찰벼, 설향찰벼, 해평찰벼, 눈보라, 백설찰벼, 한강찰벼, 화선찰벼 등 모두 아홉 가지 찹쌀을 써서 100일 동안 아홉 가지 소곡주를 빚었다. 관능검사 결과 기호도가 가장 높았던 백설찰벼는 당도가 높고 맑은 색을 띤 반면 가장 낮았던 설향찰벼는 발효가 빨리 돼 알코올 함량이 높고 잔류당은 가장 적었다.

물론 이것은 소곡주 얘기니, 과하주라면 기호도 결과는 달라질 것 같다. 과하주는 안 그래도 달기 때문에 꼴찌인 설향찰벼가 더 맞지 않을까?

고민 후, 설향찰벼로 실험해 보기로 결심했다. 대조군으로 백설찰벼를 쓰고 싶었는데 구하기가 어려워, 기호도 조사에서 두 번째였던 동진찰벼를 택했다. 서천 양조장들에서는 동진찰벼를 많이 쓴다. 설향찰벼는 지방 함량과 회분 함량이 높고 경도와 당도, 단백질 함량은 낮으며 누룽지 같은 구수한 맛이 난다고 한다. 동진찰벼는 부드러운 산미를 제공하는 호박산 등의 유기산 함량이 높아 과하주의 단맛을 신맛으로 상쇄해 주길 기대했다.

둘 다 똑같은 방법으로 코리안 민트를 빚었다. 소율곡에 물 1,300밀리리터로 수곡을 하고 찹쌀 2킬로그램과 깐 녹두 250그램을 찐 뒤 혼합해서 닷새간 발효하고 같은 증류주를 부었다. 방아잎은 숙성할 때 넣어 줬다. 그 결과 이 실험도 내가 설정한 가설을 입증해 줬다. 설향찰의 코리안 민트가 덜 달면서도 깊은 맛이 났다. 이것은 취향 문제이기도 하다. 더 달고 가벼운 느낌이 나는 동진찰 버전을 좋아하는 사람도 있을 것이다.

나는 앞으로 설향찰벼만 쓸 것 같다. 이로써 코리안 민트에 쓸 찹쌀과 물은 결정됐다. 설향찰과 아리수. 누룩은 일단 소율곡을 쓸 생각이다. 내 혼자 힘으로 좋은 누룩을 만들 자신감이 들 때까지.

이것으로 끝은 아니다. 1년 반에 걸쳐 100여 가지나 되는 과하주를 빚었고, 이제야 겨우 집중할 만한 술 한 가지를 찾아냈을 뿐이다. 온도와 습도, 발효 기간, 숙성 기간 등 공정 차이에 따른 맛 차이를 확인하는 작업이 여전히 남아 있다. 공정이 확정되고, 제조 양을 늘린 후에도 늘 같은 품질의 술이 나오는지 검증해야 한다. 그와 동시에 품질을 개선하고자 끊임없이 노력해야 한다. 이제 시작인 것이다. 그렇게 그 끝이 열려 있다는 전제로, 일단 시장의 문을 두드려 본다.

# 우리 술의 비상을 꿈꾸며

땡볕에 후끈 달아오르던 6월 어느 날, 각각 설향찰벼와 동진찰벼, 두 찹쌀로 빚은 코리안 민트 두 병과 오미자로 빚은 과하주 한 병을 들고 경기도 여주 술아원에 찾아갔다. 술아원은 가정주부였던 강진희 대표가 한국 가양주 연구소에서 술을 배운 후 창업한 양조장이다. 역사에 묻혔던 과하주를 술아와 경성 과하주로 복원해 시판한 첫 양조장이다. '필소주'라는 증류주까지 생산해 과하주 생산을 위탁하기에 최적이었다. 양조장이 커지자 동생 강혁 본부장과 아들 임승규 연구실장이 합류해 가족이 함께 운영하고 있다.

강 대표가 궁중 술 빚기 대회에서 처음 대상을 받은 데 이어 이듬해 강 본부장이 대상을 받았고 그 이듬해 임 실장도 금상을 받아서 가족 모두 수상 경력을 자랑한다. 이 가문에 본상도 받지 못한 과하주를 의뢰하다니, 자격지심이 들었다. 술아원 근처 식당에서 점심을 시키고 내 과하주를 한 잔씩 따라 줬다. 여기까지 오느라 그동안 무진 애를 썼는데 이제 그 노력이 결실을 맺을지 판가름 나기 직전이다.

가슴을 졸이며 세 사람 표정을 살피면서, 부담을 덜어 주려고 "맛없으면 그냥 거절하세요"라고 말하는 순간, 잔에 코를 박고 냄새를 맡은 뒤 한 모금 들이켠 94년생 임 실장이 "이건 내 스타일인데"라고 운을 뗐다. 이어 강 본부장도 "이런 향미가 나오다니…… 너무 좋습니다"라고 덧붙였다. 강 대표도 "한번 해 보시죠"라고 화답했다. 이로써 코리안 민트가 세상에 나올 길이 열린 것인가, 가슴이 담뿍 차올라 내 술에다 술아원 제품까지 벌컥벌컥 낮술을 마셨다. "안 팔리면 내가 다 사서 마실 테니까 걱정하지 마시고……", "그럴 리가요. 엄청 맛있습니다" 와 같은 덕담과 함께. 양조장 주인과 술을 마시니 술 떨어질 걱정은 하지 않아도 좋았다.

조선 시대 과하주를 그대로 복원한다고 최고의 과하주가 나올 것 같지는 않았다. 집에서 만드는 가양주는 술맛이 매번 바뀐다고 흠이 되지 않는다. 결국 가족이나 손님 같은 지인이 다 마실 테니까. 만약 타인에게 파는 술이라면 마실 때마다 맛이 달라져서는 곤란하다. 일정한 품질을 보장하는 제품이 돼야 한다. 대중의 평가를 받고 개선하여 다시 출시하는 과정을 통해 더 좋은 제품이 나올 것이다.

포트와인을 비롯한 서양 술들은 일찍부터 제품화돼서 오크 통이나 나무 상자에 담겨 먼 거리까지 운송, 판매됐다. 그 때문에 술꾼들의 입맛을 사로잡기 위해 주질을 일정하게 유지하고 개선하는 경쟁을 벌여 왔다. 과하주가 비교 대상으로 삼는 포트와인은 300년이 넘는 동안 수많은 실험을 거쳐 여러 포트로 분화해 나갔다.

색상에 따라 구분하면 본문에서 언급한 라즈베리, 블랙베리, 체리, 자두 등 신선한 과일 향이 풍부하며 짙은 붉은색을 띠는 루비 포트, 오크 통에서 장기 숙성돼 황갈색을 띠며 말린 과일, 견과류, 캐러멜, 꿀, 향신료 등의 복합적인 향미를 띠는 타우니 포트가 있다. 청포도로 만들어서 주로 식전주나 칵테일 베이스로 사용하는 화이트 포트white port와 붉은 포도 껍질을 짧게 담근 로제 포트rose port도 있다.

숙성 방식과 포도 품질에 따라서도 구분된다. 특별히 좋은 해의 포도로 만든 빈티지 포트vintage port, 단일 빈티지 포도로 4~6년 숙성한 레이트 보틀드 빈티지 포트late bottled vintage port, LBV, 여러 빈티지 와인을 블렌딩해서 만든 고급 리저브 포트reserve port, 단일 빈티지 타우니 포트로 최소 7년 이상 숙성한 콜헤이타 포트colheita port, 여러 빈티지를 블렌딩한 후 병입해 병 안에서 침전물이 생기는 것이 특징인 크러스티드 포트crusted port가 있다. 종류가 많다는 것은 그만큼 그 술이 발전했다는 뜻이다.

그런데 포트와인을 마셔 보면 맛이 있긴 한데 대부분 비슷해서 금방 질린다. 포도라는 훌륭하지만 단일한 원료의 특성에서 벗어나기 어렵고, 대부분 달디 단 디저트와 같이 먹는 식후주에 머무르는 것 같다.

과하주는 아직 하위 분류가 있을 정도는 아니다. 송순을 넣었다고 해서 그걸 하나의 종류라고 부를 수는 없다. 과하주라는 주종 자체가 낯설다. 포트와인처럼 진화하려면 분류가 필요할 정도로 다양한 과하주가 나와야 한다. 1년 반 동안 빚어 본 짧은 경험이지만, 소나무 계통 과하주, 홉 계통 과하주, 방아잎 계통 과하주, 오미자 계통 과하주에서는 충분히 하위 분류가 나올 수 있다고 느꼈다. 식전주, 식중주, 식후주 각각에 걸맞은 과하주도 개발할 여지가 크다.

만약 개 뒷발 솜씨로 빚은 코리안 민트 과하주가 좋은 반응을 얻으면, 이 책을 읽은 진짜 솜씨 있는 분들이 '저런 사람도 술을 빚어 출시하는데 그동안 나는 뭐하고 있었지?' 하고 자극받아 양조계에 뛰어들고, 그러면 더욱 품질 좋고 뛰어난 과하주가 나올 것이다(이 에필로그를 쓰는 시점에 코리안 민트는 출시됐고 별 다섯 개의 리뷰가 줄을 잇고 있다). 그래서 참고하시라고 술아원의 양해를 얻어 코리안 민트 개발 과정을 상세히 공개했다.

언젠가 과하주가 막걸리와 약주의 약점을 뛰어넘는 한국 술의 한 주종이 되고, 미슐랭 가이드에서 별 두 개를 받은 뉴욕 한식당에서 한식과 마리아주하는 술로 테이블에 오르는 날을 꿈꿔 본다.

양조를 우리말로 '술을 빚는다'고 한다. 한영석 발효 연구소 소장은 그냥 '담근다'고 하지 않고 '빚는다'고 표현하는 이유에 대해, 만드는 도중에 깨질 수 있기 때문이라고 말한다. 도자기를 빚는 것처럼. 실제로 과하주 100여 종을 빚으면서 깨진(?) 술들이 숱하게 나왔다. 내 술을 가장 많이 들이켠 존재는 싱크대다. 가슴이 허전해질 정도로, 실패한 술을 싱크대에 부었었다. 그러니 술은 공산품이라기보다는 작품에 가깝다. 아무리 정교하게 입력해도, 아주 미묘한 차이로도 출력이 달라진다. 하지만 한편으론 최상의 품질을 일정하게 뽑아내고자 분투하는 일, 그것이 술 빚기 아닐까.

양조는 시간과의 관계를 새롭게 맺는 방법이기도 하다. 아무리 조바심을 내고 종종대도 시간을 단축할 수 없다. 그래서 '기다려야 한다'고 말하지만 정확한 표현은 아니다. 시간과 '같이 가야' 한다. 물과 알코올을 잘 섞고 날카로운 향미를 순화하는 작업은 꼭 필요하지만 내가 할 수 없다. 그 일을 할 수 있는 친구가 최고의 블렌더, 시간이다. 내

가 놀고 있을 때도 시간은 일을 한다. 시간을 내 편으로 만
드는 일, 그것이 양조 아닐까 싶다.

# 감사의 말

전통주 양조라는 낯선 세계에서 항해하기 위해서는 누군가의 도움이 절실했다. 청년 류인수가 2000년대 초반 전통주에 뜻을 품었을 때에는 그 누군가가 없었다. 양조학을 독학하다시피 하고 전국 각지를 다니며 전통주 명인들에게서 사사했으며 옛 문헌들을 뒤져서 수많은 술들을 재현하고 검증했다. 단순히 주조법을 복원하는 데 그치지 않고 술이 나오는 과정과 조건을 탐구함으로써 현대에 적용할 수 있는 통찰력을 추출했다. 세계 양조장들을 순례하면서 다양한 술 문화와 주조법을 섭렵했다. 그리고 전통주라는 생소한 세계에 들어온 사람들에게 도움의 손길을 내미는 그 누군가가 됐다. 자신의 경험과 지식을 응축해 〈한국 전통주 교과서〉를 펴냈고 실습과 이론을 결합한 교육 과정으로 수많은 양조인들을 길러 냈다. 류인수라는 사람을 빼놓고는 2010년대 일어난 한국 전통주 붐을 설명할 수 없다. 2025년 막걸리에 인공 향료와 색소 첨가를 허용하려는 움직임을 선두에서 막아 내고 전통주의 본질을 지킨 이도 류인수다.

이런 행운이 있을 수 없다. 내게는 한강 작가로부터 글쓰기 지도를 받는 것과 같은 격이다. 나는 그 거인의 (어깨에 올라탄 정도는 아니고) 바짓가랑이를 붙잡고 양조라는 낯선 영역에서 나만의 술을 향해 걸어갈 수 있었다. 술 개발에 필요한 기술적, 물적 그리고 정신적 지원까지 받았다. 이 책과 내가 출시한 코리안 민트가 긍정적 평가를 받는다면 그것은 전통주 양조에서 창의적이며 유연한 실험을 장려하고 응원하는 류 소장 덕분이다. 이 자리를 빌어 깊이 감사드린다. 혹시 부정적인 평가를 받는다면 그것은 류 소장의 가르침을 제대로 이해하지 못하거나 실행하지 않은 나의 잘못이다. 세세한 질문에 항상 답해 주신 강수영 부원장, 내 술이 맛있다고 언제나 응원해 준 류의선 양조사 등 한국 가양주 연구소 식구들에게도 감사드린다.

친분은 없지만 나뿐만 아니라 전통주에 관심 있는 분들 모두가 신세를 지고 있는 김재형 한국술문헌연구소장에게도 감사드린다. 김 소장은 고문헌 133개에서 레시피 3,526개를 찾아내 자비로 검색 DB를 구축하고 무료로 공개했다. 원문에 대한 한글 번역도 제공하고 재료와 가공 방법, 제조 과정별로 정보를 분류해서 연구자뿐만 아니라 양조인과 기획자 그리고 나 같은 일반인들도 조선의 방대한 술 문헌에 접근할 길을 열어 줬다. 이런 지적 인프라 덕분에 창의적인 실험이 계속되고 전통주가 발전할 수 있다고 믿는다. 이 책에 인용된 고문헌 대부분을 한국술 고문헌 DB에서 접했음을 밝혀 둔다. 미드주 전문 제조법 공개를 허락해 주신 이재천 석장리 미더리 대표에게도 감사드린다.

코리안 민트가 나오기까지 수많은 실패작들을 함께 시음하고 피드백을 주신 많은 분들께 감사드린다. '스타트업 바스켓볼' 농구팀 후배들은 선배가 주는 잔이어서 안 받을 수도 없고, 자의 반 타의 반 1년 반에 걸친 개발 과정을 전부 함께했다. 잘된 술도 있고 실패한 술도 있었을 텐데 맛있다고 말할 수밖에 없는 감정 노동을 하느라 고생 많았다. 맛있다면서도 은근히 덧붙는 미묘한 뉘앙스 차이 덕분에 술에 대한 반응을 해석하고 실마리를 찾아 나갈 수 있었다. 한국 가양주 연구소 최고 지도자 과정 17기 동기 중 100만 유튜버인 이보은 요리 연구가와 소담 양조장 전현희 대표, 조성아, 양지선, 정현숙, 권나린 샘은 이 흥미로운 세계를 함께 탐험하면서 술이 단순한 음식이 아니라 교감하고 소통하는 사회적 음식임을 깨닫게 해 줬다. 상중이었던 나를 대신해 궁중 술 빚기 대회에서 국민 심사 위원들을 상대로 코리안 민트를 소개해 준 정민교 샘에게도 감사드린다.

내 술을 받아 준 강진희 대표와 강혁 본부장, 그리고 술을 정성껏 빚어 주신 임승규 실장 등 술아원 식구들에게도 감사드린다. 덕분에 내 술이 세상에 나올 수 있었다.

그동안 큰 출판사에서 몇 권의 책을 냈는데 이번에는 작지만 역량 있는 출판사와 함께하고 싶었다. 두 개의 AI에게 물어보니 b.read라는 출판사를 1순위로 추천했다. 그렇게 만난 출판사의 날카로운 피드백과 꼼꼼한 편집으로 나의 어지러운 글들이 책 꼴을 갖추게 됐다. 이나래 대표에게 감사드린다.

남편의 양조 실험을 견뎌 준 아내 고현숙에게도 고맙다는 말을 전한다.

# 술 이름은 코리안 민트


**초판 1쇄 발행**   2026년 2월 12일

**지은이**   홍은택

**펴낸곳**   브.레드
**책임 편집**   이나래
**편집**   박경리
**그림**   수소
**디자인**   비스타디아
**인쇄**   ㈜상지사 P&B

**출판 신고**   2017년 6월 8일 제2017-000113호
**주소**   서울시 중구 퇴계로 41길 39 703호
**전화**   02-6242-9516
**팩스**   02-6280-9517
**이메일**   breadbook.info@gmail.com





ISBN 979-11-90920-61-2